郭性汶 著

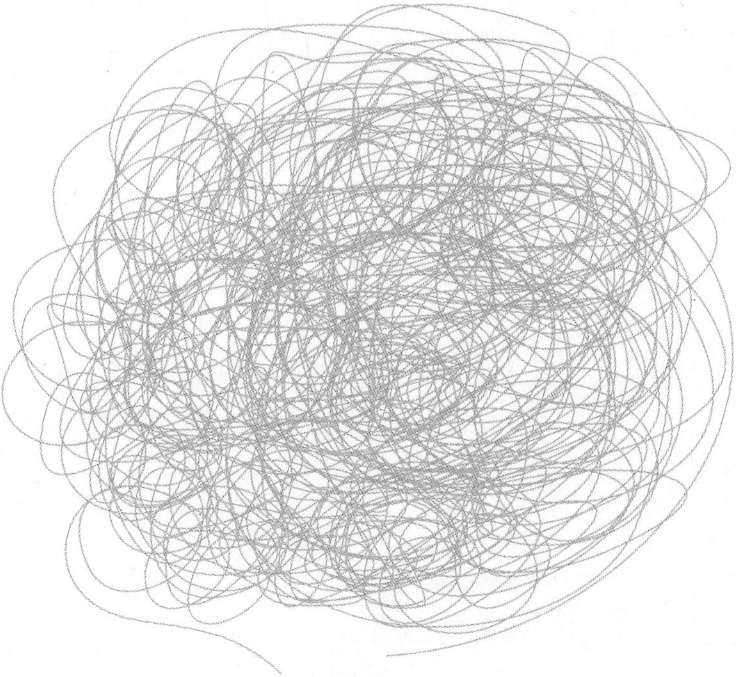

荒径

黄河出版传媒集团
阳光出版社

图书在版编目（CIP）数据

荒径 / 郭性汶著. — 银川：阳光出版社，2016. 9
ISBN 978-7-5525-3070-4

Ⅰ. ①荒… Ⅱ. ①郭… Ⅲ. ①诗集—中国—当代
Ⅳ. ①I227

中国版本图书馆 CIP 数据核字（2016）第 239046 号

荒径　　郭性汶　著

责任编辑　申　佳
封面设计　程一夫
责任印制　岳建宁

黄河出版传媒集团
阳光出版社　出版发行

出 版 人　王杨宝
地　　址　宁夏银川市北京东路 139 号出版大厦（750001）
网　　址　http://www.yrpubm.com
网上书店　http://www.hh-book.com
电子信箱　yangguang@yrpubm.com
邮购电话　0951-5036103
经　　销　全国新华书店
印刷装订　四川西南彩色印务有限公司
印刷委托书号　（宁）0002760

开　　本　700mm×1000mm　1/16
印　　张　14.25
字　　数　140 千字
版　　次　2016 年 10 月第 1 版
印　　次　2016 年 10 月第 1 次印刷
书　　号　ISBN 978-7-5525-3070-4/I·892
定　　价　32.00 元

道是无晴却有晴

◎李寂荡

清明之后，按常理，天气应晴朗起来，但今年有点异常，竟一连阴霾了一个月，偶尔太阳露一下脸，也如昙花一现。阴霾时日久了，人的心里也难得开朗，一年中最为美好的阳春三月就这样在阴霾中逝去，不少的花开花落就这样在阴霾中发生。现在好了，时间来到五月，窗外阳光明媚。这样的天气，走到大街上，人们都是一副神清气爽的样子。早晨是鸟儿喜悦的鸣叫，按捺不住的喜悦，看来，好天气也会让鸟儿欢喜，何况人呢？

就是在这样的好天气里，我打开电脑读诗，读一位朋友的诗，具体地说，读即将要出版的一部诗集。

我的这位朋友叫郭性汶。冬去春来，我和他又有许久没见面了，虽是如此，说到他，他仿佛就坐在我的对面。他是很特别的一个人，给我的印象深刻。性汶比我年长一点，基本上算是同龄人。他的家乡是靠近云南的威宁，可能是那里阳光猛烈，他面色黧黑。他身形有点剽悍，一眼看去像一位莽汉，其实他很安静，用温柔、敦厚来形容他也颇合适。他是学地质出身的，现又潜心经营一家宝石公司，几十年来都在与石头打交道。细细琢磨，他又像一块石头，沉默、内敛，当然不是普通的石头，是一块矿石，如玉一般的矿石，外表似乎粗犷，却有温润的内里。性汶还是一位居士，他信佛。仔细打量他，他的面相还真有几分像佛，尤其他那短而有点卷曲的头发，让我想起雕塑中如来的头。如此联想，不知是否是对佛的冒犯。

我不知道青春期的性汶是什么样子，叛逆，暴力？不知道。

我只知道现在的性汶，温文尔雅，性情平和，说话不疾不徐，慢条斯理，总是一副笑盈盈的样子。对他而言，这世界仿佛没有什么能让他生气，能让他着急。他到达如此境界，可能是历经沧桑后的平静，是铅华洗尽后的素朴。

性汶是一位执着的诗人。说他执着，是因为他一直不停地写诗，写诗似乎成了他生活中不可或缺的部分，而且能够不间断、持续地写。性汶的诗，可以用“诗如其人”来概括，不骄不躁，朴素，温和。他的抒情或者叙述是不慌不忙的，娓娓道来，摆事实、讲道理。是的，他的诗在讲道理。郭性汶的道理是他自己悟出的道理。他善于从一个异于常态的视角去观察常态中的事物或事情，于是会得出一个非常的结论。或者，他倾情于或着力于人们忽视或无视的事物，对其进行描述，并获得特别的发现。的确，我们面对的是千篇一律的生活，诗人就是要在这千篇一律中发现特殊之律，说他人之所说，却又是言他人所未言。性汶做到了这一点，所以他的诗是有鲜明个性的，这就是他诗歌的价值。

埋头写下以上这些话，抬起头来，我仿佛又看见性汶正坐在我对面的沙发上，笑盈盈地，听我絮叨。定睛看去，沙发却是空的，性汶现在在哪里呢？窗外，阳光正照射在隔壁单位科技厅的墙壁上，明晃晃的。

（李寂荡，《山花》主编、贵州省作协副主席）

目录 CONTENTS

原子论

物理学上证实，世界由原子组成
原子充斥空间，世界本空

你的飘飘长发，原子
你的翩翩裙袂，原子
你的姣好容颜，原子
你的性感身材，原子
你的充满欲望的心脏，原子
哦，够了，我们一生躺在无量的原子之上
而原子不是我们的财富

你的豪宅，原子
你的豪车，原子
你的香车宝马、高楼广厦，统统的，原子
包括你的仇人，也是原子
所以有时，我们为恨一堆原子而感觉可笑

你的青春，空
你的爱情，空
你的权力，空
你的财富，空
最后你的所谓幸福，也是空

原子依旧在空间完美地碰撞
或曰碰撞后划出美丽的偏离轨道的曲线

原子碰出了夏商周
原子碰出了唐宋明
原子碰塌了一个大清朝
原子又复砌出了一个短暂的民国

原子绞杀了萨达姆
原子弄死了卡扎菲
原子在加沙肆掠
原子在中东爆炸

原子开启三国时代
原子，合久必分，分久必合

蚂蚁国事

阳光下，一群蚂蚁
在开属于他们的人代会
议题直指我这个庞然大物

解体恐龙的不一定是一颗偶然的行星
我总是偏离主流思潮去钻一个非洲的牛角尖

我是蚂蚁顺藤摸到的第一个瓜
这样假设

虽然他们的嘴啃不动我的灵魂
却可以啃烂我那北漂过的脚心
把我异常看重的这具肉身
当成一个冬天储藏的美食

蚁王有点像某位年轻的暴君
这个梳着二分头的小伙子
刚从太上皇手上接掌了权力
对散发着芬芳的权力
有种执迷于摇头丸一样的走火入魔
杀人，喜欢用带点前卫艺术的残暴手段

深秋的阳光像一杯甜蜜的冰激凌
散发着刀锋上的寒意

一群蚂蚁看来要进行全民公决了
关于是否在猎物的髌骨上建造另一座恢宏的白宫
或在蚂蚁国的黄金地段
用腿骨打造一幢600 毫米高的摩天大楼

假　设

在成立与不成立之间
我喜欢上了这个暧昧的词
假设世界不幸从一根发丝上坠落
假设道路变得沸腾
假设石头开始了恋爱
假设爱情在逆行中找到了出口

沧海桑田就在当下发生

假设，黑夜长出了白发
白昼长出了银须

假设，春天在冬天的纵深里来临
事物在难以挽回的下坠中停顿
苍老停止惊心动魄的风化
死亡变得亲切可爱

假设呼吸变得次要
我们用思想可以苟存

假设，我不再用假设逃避生活的恐惧
我就不在乎被一长串的省略号驱逐

当 下

像一个时代的解体，震耳欲聋
马蹄声急，时代绝尘而去

不止一个声音像蜜蜂一样擦过我的耳
甜蜜中充满恐惧
这种声音像五线谱上漏网的鱼
所以一些看似美好的时光
很难成为一段旋律

总觉得当下像一种没有额外条件的复活
过去某个片段常在喉咙蠕动
但是过去不会被完整地消化

生活的酶，总是欠缺
现实像在干燥环境下的龟裂
事物在慢慢地碳化
当下呢

当下墨迹已干
被卷轴收起
当你的人生负债
当下就被不肖的岁月廉价地拍卖

静物素描

帘子垂着忧伤
忧伤它比帘子长
画轴挂着不舍
不舍它可以卷起收藏
桌子与床并邻
欢乐与痛苦相抵而眠

不修边幅的风穿堂而过
风难得在尘世找到一个可以白头的爱人

书籍在蚕食卧榻之侧
故卧榻之侧不闻鼾声
难起剪除羽翼的杀心

樟木箱子收藏不舍的岁月
岁月怕潮，虫蛀
几案上放着平整的一生
被线一丝不苟地穿过

小叶紫檀的包浆
正是把玩纠结留下的痕迹
黄杨木的笔筒里
倒挂着意犹未尽的狼毫
黄花梨的鬼脸笑这尘世
几许沧桑

南　无

我总是把忧伤在暗处移来移去
快乐在明里秀来秀去
像个没有安全感的猎人
枕着睡觉的枪杆里还有上膛的子弹
彼时兔子已逃离梦境

有时，我们甚至想不到走火时会射中的
恰巧是敌人

害怕击鼓传花的悲伤
在下一刻上演

声音很干净，像漂白了一万遍
影子更透明，极似隐身人
一种有穿透力的音乐引领我们
最后在万千音符中
找到了梵音，南无

在时光的走廊
我设法布置一些景
一些不需要透视的景
努力让它们远离荒诞
让原始的荒莽变成静物的主基调
祖先还是裹着兽皮
火苗重回钻木取之

可荒诞还是步步紧逼
像金属表面的锈迹

我们不可挽回地在岁月里老去

往事像出土的俑
拖泥带水的光阴不堪回首，很久
我不会想起童年穿过的一双鞋
当然更不会用一种告别了的腔调
来努力，沙哑地咳嗽

泥　鳅

很多泥鳅拥挤在夏日的稻田里
当然更多泥鳅不想改善环境
它们不认为污泥和雾霾一样迫切需要治理
水至清连鱼都拒绝暂居
它们像莲藕一样深爱这片污泥
这生活不仅黏稠
自然还充满习惯性的臭味，当然
它们爱这臭味，或说
臭味与生活的甜蜜关系有点密不可分
出污泥而不染
那是几朵与凋零关系密切的清莲的事
脱俗与藕节间生长出的痛苦有关
但泥鳅是快乐的
它们生活的智慧就是圆滑

概　率

你总是喧嚣与鼓噪，而我
学会了在艰难的岁月面前
隐忍与闭嘴
退而结网比守株待兔强

我看到了透明的丝质世界
往事薄如蝉翼，但似乎
远比你想象中坚韧，倒是
更多事物是不允许抽空的
哪怕抽象，也要保持一种
在视线之外的独立存在

世界是我们的倒影
我们是世界的投影

我们是世界随机抽取的概率
对，你我他不是什么
只是一种相对的概率

所以这一刻我只愿意闭着眼睛
沉醉，一只可以依赖的杯

夜晚下

黑夜跌进了我的瞳孔，而我
跌进了黑夜的孤独
伸手不见五指的寂寥

爱情像一个站不稳的雪人
在寒冷被流放后轰然倒塌

盈盈裙袂的暗香自河岸垂柳的树干而来
往事则似柳枝，倒映在那蓦然间荡涤的一丝涟漪上
多少往事与往事决绝而去

玫瑰的姿态安静若一根蜡烛
夜晚下
花岗岩的坚硬被黑色屏蔽

习　惯

我在努力把习惯变成习惯
包括对惰性的一丝不苟
就像蚂蚁一直走重复搬运菜青虫的路线
虎鲸把猎物撞出海面，等待它昏迷
一片柠檬从此不可或缺
我总是先冲凉水再兑热水
喝下冲突
冲突的滋味或许就是这样美
这样，我们似可以说
冲突有效改变了生活
习惯在动荡的岁月保持可嘉的中立
我们就像被木匠改造过的树木
年轮成了生活中最耀眼的光环
虽然这样看起来更中用
但大家还是习惯回到拄着拐杖的森林
回到一个群体里
保持缄默的森林

棒打鸳鸯

情欲像压住孙悟空的石头山
你三千年才从我面前经过一次
我鼓励自己说，像红石的火山一样爆发吧
三千年，人们说
天已荒，地已老
连石头都长出了像样的胡须
山峦白了漂亮的鬓角
于是，我喊，爱情请留步
爱情白了我一眼
爱情我爱你
爱情恨了我一遍
我说，那爱情你去死吧
观音让我出得石头山
条件是所有爱你的人
在猴眼里面都是魔，也罢
这艳福都给了猪八戒
猪拱嘴上面两个朝天鼻
识得人间几多香艳味
一根金箍棒
专打鸳鸯缘

丢失在夜幕下的世界

夜与我交流
我与夜耳语
谈点什么?
夜与我都很沉默
夜想，我这一关你必过
而有时是伴着梦境
才有逃离夜的理由
我真的不想同夜说些什么
夜像一个私欲纵横危险的官员
夜视我为阴影，我视夜为幽灵
夜的阴影足够覆盖我们的影子
夜像一床并不温暖的被子
在这床被子下面
只有老鼠最兴奋
世界是我们的
世界更是鼠们的
最终世界是鼠们的
在人做梦的这段时间
世界丢失了

中　年

像一只麋鹿
在一个挤满鳄鱼的水塘里饮水
我看到了惶恐的中年
如惊弓之鸟
中年稍不留意就会被鳄鱼拖下水塘
我用一把尺子丈量中年
中年百米
这种距离只适合短跑
所以冲刺对于我们来说
意味着什么?
中年很想退出赛场
奢望人生是一场并不严谨的田径
在冬日的阳光里沐浴着懒散
让人在途中的风景里定格
成为一种洗亮过客眼睛的静物
这里，动就意味着流逝
学龟静在禅里，千年赖活
终于不屑兔子的速度
中年从少年一个快速的滑板跳下
人们或许会换个说法
瞧，那壮年

家

我躺在一个名词里面
抑或一个名词成了，我们红尘中的容身之所
家对我们来说始终是一贯的嵌入式结构
仿如基因图谱上，链与节点的关系
是可这样说
1898 年的家与 2020 年的家
本质上没有什么不同
只是我那时还拖着长辫
住着四合院，方方正正的家
说着之乎者也，常常骑马下江南

在家的外面镂空出一个青楼
西厢搂着红颜
东厢拥着蓝颜
快活林里揣着明白装糊涂

家，在若干世纪以来
始终保持着恒温
就像刚果尼拉贡戈火山不曾熄灭

但它没有给过冷酷的帝王以温暖
因宫殿的恢宏覆盖了人伦的初情
家沦落得很彻底
拿破仑的滑铁卢里面充满注脚

流浪者与家的血缘最亲
应可这样说

家与一块墓碑定有私密通道
当我们腐朽的肉身要回大地
家就被压在了一块无字碑下

人生如一炷香

似乎我们有大把的童年
大把的少年
大把的青年
你富有的就是青春
其他赤贫不已
然而，这已是悖论
我们近似挥霍
很多光阴像被我们浪费的饭粒
被扔在瘸了一条腿的四方桌下面
阳光灿烂的童年就这样被一双鞋无知地踩过
嫩如春芽的少年就那样被一把棕榈扫帚狠狠扫过
青年、中年依次遗落在塑料泡沫的收纳袋中
城市的搬运工每天在运送故人的过去
大把的日子去逢迎
让你屡次感染伤口的爱情
成捆的光阴点亮了仇人黑暗的木屋
你用恨给了仇人温暖
你的一生就是这样一炷檀香
我们总是在燃尽那刻感悟

离别赋

设想要背起一生的行囊
踏上一截不知归途的轨道
站台在迷雾中战栗
围栏挡住了离愁
石级一直延伸着奔跑的速度
铁轨铺进了酸楚的小腹
汽笛声声催人泪
作别的手挥成了亘古的雕塑
告别的语言如鲠在喉
风化在送别的风中
我从何来，我欲何往
我向前，青春向后
我向后，苍老便走到了前头
透过窗前快速闪过的原野
不同时期的我一一远去
一列新时代的高铁
载离我们生命中所有的熟知
此刻，还有谁愿意在空寂的渡口逗留

剑　客

英雄瘦弱的灵魂像出窍的宝剑
剑与剑的对视像心与心相惜

历史像错位的关节
在英雄萌芽的地方扭伤
这出剧注定跛脚的是我

我用心爱的秦剑自戕
弥留的呼吸吐出爱字

天下与我渐行渐远
我与美人越行越近

司马昭之心路人怎知?

鸟尽弓藏，兔死狗烹
即生我何生荆轲
我的敌，秦王
秦王
在哪里?

行酒令

幸好我们不是赌一只胳膊一条大腿
更何谈拿青春赌明天
审视之下
我们身体没有一个器官活腻
甚至垂危之中尚思苟且
要不就没有肉体背叛灵魂的记载
76 号那些往事也许不会被人提起
南瓜店十里长山又会平添抗倭义士

也不是赌谁先斩断那些
率先长出来的
痛苦的根须
谁都有自扫门前雪的本事

大压住小，为的是
赌谁最先
醉在今宵

世界的救赎从手开始

我们的手就像裸露在空气中的一截生铁，锈迹斑斑
所以手讨厌空气，然而又不能不与之接触
手不是好钢，还不足以用来铸剑
但手一定是一块午后的甜点
因为它攥着一块来自洛杉矶的巧克力
手苍老时的表现是颤抖，还有就是总试图要抓住什么
然而总是抓不牢
手是万恶之源
不过，当手合十
就成为了一朵莲花
世界的救赎从手开始

元月一号

有些语言在列队
经过汉学家的喉咙
看着时光擦肩而过
你总是很想说点什么
可是，总是很难说出点什么

更多事物在和我们捉迷藏
一种无助感把你一生抓牢

一个轮廓或者只是一个轮廓
以点带面难以成为一场战争
一场解决自己的战争

过去从来没有清晰到
昨夜一场梦境的描述

元月一号
每年这一天，似有千言万语
然而笔锋走处，也只能止于
元月一号

廊桥一把火

——有感于重庆风雨廊桥失火而作

据说大火烧了 369 分钟
火焰呈现五彩的光环
赤色烧去了廊桥的飞檐
橙色烧去了廊桥的瓦椽
黄色烧去了廊桥的支柱
绿色烧尽了廊桥所有亲昵的投影
青色焚毁了廊桥整个的誓言
一颗来自于天外无法拦截的小行星
撞击了蓝色美丽的爱情
爱情像恐龙一般轰然倒下
一个住在广寒宫的姑娘哭了一整夜
嫦娥三号本月送去中国人民的安慰
世纪之末，爱情毁灭性的灾难始于廊桥之火
七朝古都的名媛都来吊唁廊桥
哭长城的孟姜女带着孩子们来了
告陈世美包二奶的秦香莲来了
投瓜州渡口的杜十娘来了
在廊桥劝吴三桂放弃野心生儿育女的陈圆圆也来了
项羽兵败后垓下的虞姬
站在一个成功的蔡松坡后面的小凤仙
与徐志摩在康桥柔波梦碎的梁徽音
被戴大老板潜规则的蝴蝶
克林特·伊斯特伍德，梅丽尔·斯特里普
国际廊桥协会的友人
千古佳人，古今中外，统统都来了

齐聚哭廊桥
从此廊桥再无遗梦
爱情终成易死鸟
故国应犹在
明月何时有
只有武媚娘牵着叶赫那拉氏的手淡然地说
世间只有权力固
廊桥春梦一场惊

确诊糖尿病

我在午时去取一张化验单
午时与午时的不谋而合
令我暗自惊心
今日可有人下地狱?
一张白色化验单，宣告我
确诊糖尿病
这时候的主治医生像极一个明朝的监刑官
他告诉我
今后，一种叫胰岛的药物
就像你扔不掉的香烟
扎针会成为你人生一道亮丽的风景
一日三餐一年一千针
当然，至少有九十针会因为你手颤抖而浪费掉
要在你渐次隆起的小腹上
不断演练八卦阵或是奇门遁甲
如果我八十岁，假如我活到八十岁
肚皮上的针眼可以排成一个大军区级的马蜂窝
这还要保持合理的战斗减员
从此，我与甜蜜的生活绝了缘
迷人的胰岛家族人丁旺
门冬、地特、小李甘精随你挑

我在特别的二月，春暖花开
被确诊糖尿病
我关心的不是下一步怎么治

而是好奇地到百度上搜
糖尿病的七七四十九种死法
最后得出并不崩溃的结论
生活的苦难并不可怕
可怕的是生活的并发症

死　亡

活着的人没有谁会去琢磨晦气的死亡
告别这个欲望的都市比告别一个没有瑕疵的恋人更难
当然，我也视死亡为不吉
对死亡保持有距离的敬畏

当然，在我的日子倒计时
我或许会与你庄严地讨论死亡

或是，我们建立一个足够阔气的实验室
来研究死亡
我要看看在显微镜下放大了一百二十万倍的死亡
多么，多么像你十八岁的乳房
那样令你我热血膨胀

或是我们列席一个高级别的圆桌会议
来研讨死亡，得出结论
死亡甚至高不过候鸟的迁徙

或是我们在一个午后举行一场
有全世界媒体到场的新闻发布会
来宣告死亡
一个教会的人郑重地告诉你
孩子，在死亡面前别发抖
这可不像你

而此时，我只想告诉你
我们要在所有死亡的废墟中
站直，再站直
那样伟岸地傲视死亡

失足女

她探出鼻孔去闻
去闻她的一生
她的生活是酸性，还是弱碱性的
然后，沿着 pH 值等于 5.7 的酸性道路上一直奔跑
在这条酸性生活的道路上，时有偏离
生活啊，生活
我们既爱你，又恨你
在严重缺碘的社会
她们佝偻着已经变形的身躯
乞讨着尊严，被氧化了的生活
新中国成立前她们叫作妓女
改革开放后她们叫作小姐
后来，宽容的共和国重新定位
给她们起了一个可以改过自新的名字
失足女

庖丁解牛

他与一代帝王站在同一高度
令竹林最高的竹子也无法比拟
但是他的生活却只比一个乞丐略好
一个与杀猪匠处在同一阶层的屠牛小贩
如此卑微
庖丁解牛，阐述了一个方法论
杀牛焉用牛刀
如果让庖丁去当皇帝
最好是那些带着病灶的王朝
用他的小刀尖划过
那么，隋朝的炀帝后还能生出多少个小隋朝

南唐还会出现一个填词填得很好的李后主吗?
朱由检脖子上的那根绳索
肯定不会吊在北京景山的树桠上，而是
可能被一个叫作刘谦的魔术师
魔幻地移到三一重工的起重机上
死亡的绳索变身成为
一个王朝继续上升的缆绳

在时间的断崖上

我在梳理过去的半生时
发现一些有点陡峭的片段

比如，十五岁那年
迷恋上了哲学
我认为早恋是肤浅的
青春期不应该叛离，而应该顺从
尼采的歇斯底里被我张冠李戴

十六岁那年
我会想黑格尔应该读点曾国藩的家书
泰戈尔应该跟辛弃疾学点平仄的知识
拿破仑不应该败在滑铁卢
而应该死在台儿庄

十七岁那年
我认为少年怀特不应该有少年烦恼
烦恼不及忧郁深，这是一种肤浅
他更应该像林黛玉一样忧郁
中国式的忧郁有着国际化的普遍意义
而且迷人

十八岁那年
我讶异父母为什么不立即把我赶出家门
为国与家减轻负担，他们两者都有苦难言

当然，我会为自己披上一件美丽的伪装衣
和一个会填词饮酒的李清照私奔，或是
将要去打捞一个懂情的杜十娘，完婚

二十岁那年
我把十八岁用并不考究的黄土
堆砌成了一个坟墓
我在十八岁的墓碑前燃起了一炷香
那样念念有词
跑到乡下一座尚存的小庙
开始琢磨弘一大师
怎么巧妙地摆脱世俗的李叔同

三十岁、三十三岁、三十八岁的那些年
我都在不解
婚姻坎坷的曼德拉的前妻
怎么就走上了一条背叛丈夫的道路
她背叛的张力有多大
曼德拉在民主的道路上就会走多远
这种关系，瞧它多有趣

我们的一生都是跳跃的

生活是什么
生活是袋鼠，长着两条壮硕的后腿
生活同时也长着两条瘦小的前腿，生活
缺陷总是很发达
长处变得更短
这令我们总是战战兢兢
我们在生活里蹦跶
没有连贯的短跑
一生都在跳跃，起伏

敌　人

无论他怎么照镜子
都发现自己长得不像一个扳机
一个历经历代战乱的扳机
或是一枚手雷的保险
一枚在抗日战争中成功突围的
土手雷的保险

他恨日本人
我也恨日本人
我们这一代人共同的仇恨基本如此
回到冷兵器时代
在这个家族里面
他更是不能感觉和它们有任何血缘

冰冷的弹头，风利的刀锋
尖锐的画戟，铿锵的长矛

屈指算来
大拇指有敌人，无名指有敌人
小到一根黑发的敌人，白发
细胞的敌人，癌症
所以他客观上存在敌人
主观上需要敌人
他必须随时预备莫须有
就像预备速效救心丸

照明的过去

照明的过去不叫灯泡
那时没有钨丝这样的雅号
钨同所有的金属混迹在岩石里
同胡同老街上的小混混没什么两样
1879 年，有一个有点帅的洋人
托马斯·阿尔瓦·爱迪生
令钨浪子回头金不换
当钨丝遇上电流
就像你遇上他，我遇上你
要擦出光明的火花，点亮黑暗的世界
于是电灯泡掀起了一场针对蜡烛的革命
春蚕到死丝方尽，蜡烛成灰泪始干
历史上蜡烛哭得最厉害的
就是那段时期
马灯，煤油灯，汽灯，酥油灯
所有支撑蜡烛的民主联盟
在 1879 年全部下了岗
一朝天子一朝臣
灯泡家族得到发展
白炽灯、节能灯，氙气灯相继抢占地盘
但是灯泡的和平演变没有带来流血冲突
马灯因为历史悠久
伴随过某些大事件进了历史博物馆
煤油灯照亮过广大乡村
焦黑的灯芯成了光明之神

酥油灯燃在佛前莲座下
佛的思想普照滚滚红尘
只有爱哭的蜡烛多情多泪
众灯泡说
就让它去点亮所有浪漫的夜晚

弦　述

鬓苍茅庐重学琴
一曲离人归
鸢飞水央浩渺处
几回断肠声
古今情未老
生死几回了
渔阳暮鼓声悲切
声悲切
楚地萧笛音凄咽
音凄咽
借得琴枕枕上弦
话别匆匆
总是难相见

投　影

科学家说
你我的这个宇宙，只不过是
另一个宇宙低维度的投影

亦真亦幻
事实的真相完全在意料之中

三千年前
佛陀在没有哈勃的前提下
在一颗长满菩提子的树下
轻描淡写地说

很好，我就此喜欢上了投影
怀着一种悲伤的欢喜心喜欢上了投影
亦爱屋及乌地喜欢上了阳光
在阳光下我们可以认真地观察
一生的投影在光线变化的角度中怎样消失

爱情首当其冲，一个恋人的投影
其次是世间定义的所谓成功
一个不成功的投影

富有的投影，贫穷
囚徒的投影，自由
权力的投影，屁民

但投影不是因和果、A 至 B
我相信投影里有深入骨髓的痛
逼近灵魂的悟

生命在阳光下无处遁形
被一一返照

你我何尝不是岁月的
一个悲伤的投影

萧　条

我不知道用什么词汇来形容
它令人想起了寒冷
想起了寒冷之后的战栗
它也令人想到了冷清
冷清之后的空寂
甚至恐惧

一个在股票崩盘后告别窗沿的人
当然这个悲观的绝望者
绝对不是一只体态轻盈的大鸟

以前我们那样抗拒有限的接近
现在却因为萧条而想抱得更紧
在冰冷的世界取其余温
只想性交，不想爱情
这时候去奢想爱情，该死

钞票在飞快贬值
人们要用吃肉的等值金钱去购买蔬菜
你不得不把拥有一套住房的愿望一直押后
实在不行，去荒凉的火星做第一个拓荒者吧
这时也不忘带着几分民族主义的笑意
鼓励自己

一个世纪以来

我们，这样看待萧条
全世界的面包会在火候不佳的面包房里减员
食物不守恒的原则
定时在非洲某个贫瘠的土地上发生
整个索马里瘦成了皮包骨

哦，身处萧条之中的那些贫寒的饥民
谁把他们看作了猎物
我在惊悚中发现
草丛中肉食动物逃走的痕迹

安息论

我不止对一件事物说
请安息吧

事实上，一条道路比我们更短命
更多人认为选择回头是一种耻辱

一棵树看起来比我们更抗老
但这只是针对一些空洞的纹理在说事

一块石碑只要说已不合时宜
就会被搬离耀眼的位置

如果更逼近事物的本质
还可以说，假如你需要黑暗
请按下开关

光源从某种意义上来说
是可以被斩断的

包括路上遇到的一本书
书上的异端邪说
我都习惯说，你可以死了

事实上还真有词汇没有安息

夜　色

由夜色我会想起莱茵河上的灯火
和异域的女人一样有着蓝色的眼睛
还有莱茵河上的两颗橡树
在暮色中，它们一根枝干搭在另一个枝丫上
像一只长颈鹿在和大象交配

我家乡的这条小河叫作松溪
是的，她的这个名字比莱茵河更加小家碧玉
或者更草根
当然，这不止是我更爱她的一个理由
她细瘦婀娜，像一个刚下田归来的农妇
地道的中国风

我知道她有一天终会与莱茵河汇合
或许会穿过湄公河
或许我们这辈子看不到她穿过湄公河

全世界的河流都一样
她们比我们人有方向，最终会像失散多年的亲人
汇合相融，而夜色
正是掩护这种迫切奔涌的一道屏障

交　椅

蜷缩在一个角落
一道光线刚好可以照见笔迹的角落
一道光线刚好可以分清，我就是我的角落
像一头失望归来的非洲大草原的雄狮
舔舐着被非洲野牛角抵伤的伤口

严防生活在这一刻化脓

对成功作一次庄重的巡礼
对失败作一次痛定思痛的反思

哦，够了，生活，生活
有时真是彻骨痛肤地恨你，有时
却深入脊髓地爱你

说出来，真让人难以置信
阴暗的角落给了我浴火重生的力量
如今我要让这个地方变得敞亮
摆上一张有鬼脸的黄花梨交椅
让自己的人生端坐其上

千帆过尽
我们有资格坐在所有过去的我之上
在未来之我姗姗来迟之前

去向不明的风

这风本来一直北上
却突然像一把毛瑟枪调转了枪口
扔下最终去西伯利亚的想法
直奔午夜一尊笑容可掬的雕塑而去

雕塑的手指向南方
我们穿着单衣也感觉温暖的南方
雕塑一贯失恋的方向

迷路的风狂躁起来
风借着冬日的枝条
全裸但并不性感的枝条
弄出了很大的动静

老鼠躲进了自己编织的独善其身的梦幻中
它们或许会梦见一块新鲜的奶油
或是一块在变质的道路上狂奔的三明治

乌鸦成功地隐身进了黑夜
在死亡的变奏曲中功成身退

我在弹指间干了些什么

白发上溜过齐刷刷的光阴
像秋收的麦穗整齐地码放在原野
皱纹间物是人非事事休
江南一夜
我在马上丢失扬州
天啊
我在弹指间干了些什么

黑夜就在黑夜的身后
白日还在叫作白日的地方
曾忆你在溪边浣纱
我在田垄耕作
王朝没有骑在马背上
塞外的风沙还是颗粒样
天啊
我在弹指间干了些什么

宋时的米酒，远离转基因
唐时的子民，称祖国吗
西汗的霍去病可去了钓鱼岛
刘家有彻儿，威震远方
史有一国，万邦来朝
天啊
我在弹指间都干了些什么

填词，饮酒，戏美人
太上皇大丧头七未过
你醉在江南醉在美人怀
雕栏玉砌肯定在
只是朱颜不堪轮回中
天啊，你在弹指间究竟干了些什么

谴　责

一大清晨起来，公鸡没叫头一遍
我就想到了这词
一大清早起来，余梦尚扰
我就想到了这词
谴责，像一个
维护公共好恶的警察
扛着一个没有认证的一级警督的警衔
从我晨练的跑道上整齐地经过
谴责喊着口号
谴责操着正步
在清晨向善的微风中锻炼着身体
有点对他们肃然起敬
但我更关心谴责这些年的遭遇
谴责在群体事件中遭遇不公
谴责被潜规则排挤
谴责被潜规则流放
像当年耶稣一样在十字架上受难
一大早我欲谴责
却找不到具体对象
谴责成了一种病
见风就发作的病
在你我胸口隐隐作痛
这清晨的天空那么净澈
谈到谴责我有点羞愧
谈到谴责有点对不起

我的祖国
我的人民
我的众生
可是，三千里外屡屡发生的强奸案
一千里外常闻的凶杀案
五百里地被拐卖的那些婴童
一百里外良知的沦陷
五十米处道德的丢失
我就在三十米远看到谴责止语
我痛心
还有没有距离
为善保留立足的空间
二十米，十米，五米
五十公分，二十公分，一公分
还有没有距离
让我们绕行谴责
还有没有距离
让我们扔掉谴责
祖国，让我远离谴责吧
人民，让我远离谴责吧
世界，让我远离谴责吧
面对我可爱的祖国
我实在难以启齿
谴责

我是一张空白纸

我是一张空白纸
就这样来到了尘世
血肉之躯是父母给的
我是一张空白纸
以前不曾落半点笔墨
善写了一撇
恶勾了一捺
你落了一点
我涂了一横
他提了一勾
我不再是一张空白纸
一把辛酸泪，满纸糊涂言
童年十页
少年二十页
青年三十页
壮年二十页
老年十页
最后我是一本书
一本数十万字的书
序言他写，后记自题
上帝落款，天国发行
自销五百，稿酬放弃
血肉之躯交还大地
一流的死人，去了图书馆

二流的死人，去了博物馆
三流的死人，去了殡仪馆

鱼　记

战船鱼死了
黑鬼鱼死了
大斑马鱼死了
鱼像一个个春天相继死去
而我也只能看着它们那样死去

鱼缸里面漂浮着它们
在尘世活过的最后一点证据
不过证据马上会随着被污染的水消失

一群鱼曾经在一个股市动荡的时期
陪伴过我
它们同我一样经历了上证指数的乌龙事件

这段时期偶有禽流感的消息来袭
总是一个叫作终南山的教授出来辟谣
某对模范夫妻在谁比谁有钱的争吵中，离婚
而患神经焦虑的明星们相互克制
他们认为在蛇年自杀有点不吉

癸巳年最大的新闻就是
贪官倒台的速度超过了以往
确切点是超过了历史，其次
是我养的这些热带鱼

瞧，这个夏天
它们与水草，水草与礁石
生活得多美，它们的青春多美

在温度降低前
这些水草成了西伯利亚冷空气里
必须殉葬的事物
当然也有例外
澳洲星点龙抗拒死亡的态度
有时，还能搅动生活的涟漪

我们从天涯回到故乡

一壶好茶在紫砂壶里散发着芬芳
就像这个冬天散发着芬芳
一把明式的圈椅把我们的身体抱紧
也可以这样说
明朝从后面把我们抱紧

大明宫笙歌不息
天下太平也似这芬芳

子民没有盘古不化
在田间精耕细作

穿过窗格
正好可以接近这冬天婀娜的腰肢
冬日的枝条舒展在低垂的寒云里面

我们从天涯回到故乡

假如推太极的手去触摸性感

宋青花站在高处
设色纸本紧贴墙身

瓷史上梅花的炸裂有点惊悚
王朝的胎体与宜兴的朱泥无异

水墨与油画相互打量
但这不是文艺复兴

画布上不过是一个生活里普通的白菜
当然，有创意的画家还会
放上一根美国惯常使用的胡萝卜
它常与经济杠杆同时使用

西洋画的题材总是令人滑向生活的堕落

虎啸声潜伏在水墨间
这黑白
这阴阳

一双推太极的手去触摸性感
结论会是什么?

清　晨

空气带着酒精味从地上醒来
在她们翻身坐起时，一股妖气

霾改变了我们对世界一贯良好的看法

从森林被移植到城市的树孤独地站在围栏里
他们那样看城市
城市是个孤岛

人像不可降解的塑料泡沫一样
浮在城市上面做梦

天桥下，一名乞丐
把他坏死的肱骨头
慢慢地亮出来
他乞讨的卖点在熄灭的城市霓虹中
闪烁起来

一颗社会的树

树不是长在土壤里
而是生在社会下
树不是生在森林里
而是长在社会下
社会主义的树长在红旗下
资本主义的树挺立在萧条中

从第五大道到长安街
树的生长符合“三个代表”
符合科学发展观
中国树自然也有中国梦
帝国主义的树总是霸道地生长

树历经了历代学术思潮
见证了经济低落
当然长在红灯区里的树
也常目睹
像秋风扫落叶一样的扫黄运动

树下的站街女与树上的一种鸟儿
有同样的名字，流莺

守　望

城市在一点点沸腾
树干的萧条已是穷途末路
春天强行从黎明破晓的一丝光亮中
挤出三寸金莲
镶金边的裙袂与微风起舞
优雅，仪态万方
树干卸下了萧条沉重的包袱
把生机亮明在高处
一个民国前的春天
穿着复古的旗袍
开衩处露出了一个时代隐约的性感
走在现代都市的大街上
这似曾相识的春天
就这样出乎意料地来了
城市在一点点沸腾
九十度的城市有点烫人
明前的春芽
在城市的容器里起伏
春天滑落进了我干燥的喉咙

画面双鹤

这好比世外桃源
天空还原成水墨，尧舜时期的黑白
混沌初开，只有两仪
爱在太极中央
班固的竹简描述一对站立的鹤
以一种亘古不变的恩爱姿势
爱了一万年，活了一万年
白云自毫间舒展
线条比幻象具象
低垂的枝条收紧，像日子的卷曲
甜蜜在纸张上被点睛
纷繁的世界被收进瞳孔
喧嚣可以被画轴卷起
江湖之远超乎想象

没有什么比隐居在这尺幅间更好的了
鸟鸣的声音被折叠成逼仄的痕迹
无声处万马嘶鸣，那是画外的事

一个王朝的兴衰在两只鹤不经意的漫步中发生
惊天动地，而你不曾耳闻

你们，可以在爱情的调子里睡一万年
君是梁，卿是祝
尽管爱情的灾难不断把爱情变成坟墓
这却是分娩爱的地方

抒情的哀悼

血流最终会奔行何方?
血的故里，抑或背井离乡
血和悲情是至亲
而我与水是近邻
我仿佛看到有鱼在我们体内游动
我们试图摆脱的东西
像幽灵一样潜伏下来与灵魂言和
事物穿过身体时
我们用墨镜遮盖眼睛，默立在
一块无字碑前
一个孱弱的肩膀被一双有力的大手揽在怀里
斜阳的余晖穿过温情
一个下午
我竟不能自已
醒目的岁月碎而干涩
我们常常在盲点中感动

张　罗

你看我，多么忙
在张罗，无聊
比如，一截被咬断头颅的菜青虫
蚂蚁们，在未雨绸缪
在张罗，一些空洞的
不能再捡回来的事物
他们看着我，多么忙
在张罗，一身的失落
比陀螺的旋转更具有持之以恒的味道
在张罗，原地的旋转
以及原地旋转之后的停顿

我看着我多么忙
在张罗一生的奇痒
以及奇痒后抓伤的痛
在张罗，麻木
摆弄着一条失去知觉的腿

死亡不是可以玩味的
我们常常被死亡玩死，我深知

你别提，我多么忙
我在张罗不断的忧伤

如是，如此

如果生死的逻辑
如是
在弥留之前我们还能喊出一些乳嫩的名字
爱若游丝
谁都有把世界拉进地狱的冲动
不过这只是善意的想法
毕竟众生偏爱喧嚣
这令我常梦见鱼
在痛苦中穿梭
唯有水是介质
没有违反常规的事物出现
苍老便水到渠成
如此
我听到了灵魂叮咚的声音

物　象

一些事物在做自由落体
我不知道，他们会坠向哪个深渊
而我安然成一个静物，没有流淌
被画布取走灵魂
那样与昨天并立
树枝在一个午后被过鸟压弯
停留显得摇摇欲坠
我们终于与河流的呼吸形成共振
在物象下面
作为第一人称的我
像一场雨
消失得无影无踪

我的沉默代表一切

我用内层的拉链来装盛
很重要的痛
敞开的部分是我并不内敛的姿态
那样随身带着一些，扔也扔不掉的往事
我们放纵一切寄生的东西
夕阳投下的光影
像给酱香型的酒灌过
今生在摇晃
我在光影间跳危险的舞蹈
过把瘾却不想死
刀锋划过风的呼啸
唯独听不到战马的嘶鸣
猎人梦见猎枪
在扣动扳机的时候哑火

我用一段往事覆盖一段往事

我用一段往事覆盖一段往事
一个恋人覆盖一个恋人
我与不同的我在争吵
所有的你不过是在看热闹
疼痛难忍时
我以为牵上了地狱温柔的手
死亡有时亲切
这种往来我们并不陌生
小鬼视我为哥们
我并不想与他们大块地吃肉
在往事的甬道，下坠感是明显的
甚至感受生命呼啸而过的尖利
一种身处何方的迷惑
像失眠一样把我折磨
于是我开始抽掉积木
所有的因果开始坍塌
当比萨斜塔的角度与我的灵魂角度一致时
斜阳的余晖终于穿过
那一缕在阴面的发梢
有泪自这一事件之后，滴下

戏说貂蝉

1

瓦蓝的天空像明清一片碎裂的青花
梅枝沿着胚体折干
山河顺着釉色凋残
三国开启了合久必分的时代
这场历史盛典由美女貂蝉身着艳妆剪彩
董卓吕布戴着嘉宾的彩花分站两边

2

青花锋利的断口剖开了黄昏
历史呈线性死亡
我们在翻白的往事中窥见秘史

3

疾风的轨迹里有人的脚印
木屐声叩响了深宫的幽闭
人带走了风还是风吹走了人
噤若寒蝉的门童莫衷一是

4

东汉末有董卓乱政
美女貂蝉挺身而出
那是智斗，而不是
车臣战事中一群黑寡妇的肉搏

5

后世考貂蝉与吕布只是逢场作戏
吕布有匹夫之勇
遗憾的是枭雄孟德与英雄有一步之遥
与貂蝉有感情纠葛的两个男人
一个是乱臣贼子
另一个是一介武夫

6

英雄与美难得牵扯
唯有美独挑大梁
爱情成为了玉翠里面的沁色
点点是伤，那羊脂白里的瑕疵
把玩者的心情可曾低落
孟德煮酒论英雄时
想必貂蝉与吕布的故事已是明日黄花

7

木乃伊是我们怀古的面具
我们用来遮盖万世情愁，如果
蚂蚁怜香惜玉的慈悲顿起
貂蝉的肉身得以在岁月的风化中苟存

新时代的社会是不是能给貂蝉
一个恰如其分的名分

8

伤情像潮汐拍打着黄昏的海岸
有海鸥在二十四史的画卷中惊飞
东汉的册页自吕布死后唯独貂蝉的交代变得焦黄
似有人在有意掩盖艳史
吕布后貂蝉有没有再嫁人

9

万堆雪后，映山红遍
江山衡新，红颜已老
古城河泛出脂粉味
殷红的胭脂是貂蝉卸下的怨愁
正在被长流水逐渐蚕食、殆尽
貂蝉的忠肝义胆被忽略在惊艳的美中

10

貂蝉可是一名除暴安良的爱国女子

11

粉黛的远山脱下了伪装
简单的线条在黑夜的背景下淡去
可惜，你和枭雄孟德再无续章
你，轻描淡写的一生
被热闹的岁月收藏

12

鱼不沉，雁不落
花儿还厚颜无耻地绽放
月从此再无闭合，虽然
江山代有美人出

13

民国还有叫吕布的人
可惜在一次例行的人口普查中漏掉了
可否是貂蝉前夫

14

唐朝有乱政的董卓
唐隆元年被李隆基以叛贼的罪名处死
是年貂蝉阴魂不散附在杨玉环的身上
马嵬坡难逃一死

那段日子

小河的水流在我们的脚丫间逐流
慌乱洄游的白条鱼碰着脚背
惊恐地拍出小小的浪花
天空低至眉骨
日子清冽爽口
一截炊烟拖着臃肿的身体与白云起舞
交缠成一匝牵着风筝的线

记忆成了飘飞的纸鸢
只怕一场雨来

童年与童话谐音
对那样的日子我们没有理由有歧义
在我们没有自己的孩子时
我们是别人的孩子，如此轮回

成长恍如一个长梦
当然有人醒在黎明

在你揉着眼睛醒来
陌生的缠裹逐渐剥落
你青黄的身体碰触这个粉嫩的世界
好像一切不曾发生

那段日子被火星上的蚂蚁拖进了时光的隧洞

你的过去成了幽灵的晚餐
黄昏的利齿在把上游的漂泊嚼碎
光阴的下游是解放的鱼

黑夜的胃口正好
谁还有大把可以任意挥霍的日子

鱼尾纹

眼角的钤印
是一枚隽永的秦小篆
笔锋而利，入岁月三分

沧桑有法
瘦骨嶙峋

鱼尾纹里面是一首婉约的唐诗
或是一首沧桑的宋词
渔舟唱晚
抑或野渡舟横

江东已过，项羽老矣
我看见有鱼尾纹的东汉与我匆匆擦肩
涂脂抹粉的唐朝又怎能掩饰老态

鱼尾纹像扔不掉的款识
老迈是一场不请必去的派对

如果
鱼尾纹覆盖了世界
我们却还能找见爱情

狱

我看见一只凶悍的鹰与狡猾的蛇
同归于尽，最后，一个猎人空手而回
前朝的影子被多少隐喻射杀在黄昏中
黑暗中的死亡只闻腥，不见血

历史像一个漆黑的矿井
我们能挖到宝藏也能撞见瓦斯

我看见一群身穿铠甲的蚂蚁
重振旗鼓
丑恶之众被击溃如落花流水

蚁说，次序重建于坚固的洞穴
山顶洞人放心地合上了弥留的眼睛

北京的景山上
朱由检自缢的绳索百炼成精
终于修成一条眼镜王蛇
从此，愧对列祖列宗的人死得眼斜鼻歪

历史没有因为千疮百孔而停下来
行将报废的车毂
在锈迹的阻碍中依然艰难前行
直立的猿人在开疆拓土
善者无畏，勇者无惧

撒旦落败在最后一根转基因稻草下
众尸复活
被湘西人赶到了开阔的操场

2013 记事

阎浮提众生兴于欲望，而毁于欲望

——题记

2013 像一个浮漂浮浮沉沉
但我们无法窥见垂钓的人
是人在垂钓岁月，还是
岁月钓走了人

2012 没发完的讣告
2013 还在继续
火葬场肥美的纸花还在怒放

2013 像一条性感的深海石斑
我们在期待丰收
但是，我们就是不见 2013 咬钩
我们更愿相信
狡猾的 2013 此时在吐饵

2013 毒性十足
因为癸巳年里潜伏着一条
美丽的眼镜王蛇

这一年，黄浦江河畔
万头死猪腐烂的尸体挤满了河床
但没有甲 A 球赛

这一年，无边的雾霾
吞噬了所有蜿蜒的道路
但是没有发现突袭的舌头

这一年禽流感卷土重来
在 SARS 的十周年
一个身穿铠甲的病菌
在向一群赤手空拳的人宣战

这一年雅安不再优雅、平安
山摇地动再次袭来
灾难成为一个具象的魔鬼
我们从他的狞笑中看到了悲情的泪水

我们更愿意，地震在人心
善恶就此裂开，人心从此泾渭分明
邪恶从此被坍塌的地狱埋葬

我们希望 2013 是万年灵蛇
飞龙在天的起点

一个人倒立在倒计时里

时钟已敲响，第三次
第四次时，心揪紧了
像第一次窒息的吻
你的手舞足蹈抓得青春面目全非
与历史一起屏住呼吸的，远不止这些
我们于悠然中看到往事怎样失落
水面平得像一张无皱的纸
不过留白感觉甚美
缄默者在缄默中谢顶
性感被移到影子上方
一个人倒立在倒计时里
过去像一台真空机
故事陡然成空

大千世界

月亮出来时，这浅笑
能杀人于无形
梯子的纵深直抵深渊
有千年宝剑欲借此还魂
痛苦拾级而上
欢乐落荒而逃
我带着一些宋朝时的冷笑
看你宛如在水中央
夺命丹在悬崖上
还魂草贱若路草
死亡很慈祥
但令人充满恐惧
夕阳在脑后落下
身后黄昏弥漫
朝阳自掌心升起
大千世界
原来这么小

排　版

穿过白话文，我看到了晦涩的文言文
一堆之乎者也躺在草地上
唐朝的草地上，仕女以肥胖为美
然而，人们欣赏骨干的历史
文字被刀削得尖瘦
英雄被狂草书写得面目全非
试图从肉身逼出灵魂
植入岁月
王朝最后沉入木简
风化的部分被蚂蚁轻易搬移
日子没有间距
排得满满的
令人遐想的空白，此时
就显得尤为重要

日　子

由日子我想到了
一排凉在夏日的臭咸鱼
竹竿下面，青春被榨干水分
由日子我想到了
一双离休的旧鞋子
带着臭汗味，不离不弃
这尘世最后一点腥味
由日子我想到了
鸟尽弓藏而后万径人踪灭
虚空充斥着流逝的日子
而我
一直尝试还原日子里的虚空

评　委

很多人停留在去掉一个最高分
抑或去掉一个最低分
而他的思绪游离在
哪一个高潮时
会拼命用牙齿咬紧嘴唇
或是喊出
压在她身上的另一个男人的名字

苦　乐

五百克的痛苦
堵在胸口
而一克的欢乐，试图
在毛细血管里突围

我们是苦乐的载体
苦乐以我们为食

疼得之重，欢乐之轻
如果痛苦逃脱了引力
欢乐就失去了重量

苍老篇

苍老一定有不为人知的秘密
或者，苍老本身隐藏一种秘术
上帝的秘术
上帝的上帝，知否?
虔诚的信徒怎可破解
我痛恨苍老胜过死亡
苍老像一股残匪的余力
屡剿不灭，苍老
洗劫了我们的青春
掳去了我们的爱情
粉碎了我们的梦想
留下一个过去
累累的白骨
苍老没有尽头，只要有新生
苍老就会卷土重来
苍老野火烧不尽
新生又重生

一张名片

一张改革开放之初的名片
总经理三个字大得像三只公象
而名字则像挤在硕大菜青虫身躯下的蚂蚁
不是柳体更不是宋体
住址小得像杂木迸开的裂纹
我在纳闷那个名字怎么钻得进去
联系方式还是 call 机
手机，不，大哥大，三年后才出现
名字鎏过 18k 金，这纸上的富贵
递出来就是刻意烫别人手的
一张别人的名片
我带着它走遍了祖国的大江南北
这其间我的命运已改变多次
而名片的头衔还是总经理
尽管十多年了我与名片的主人早已失去联系
我一直找不到理由扔掉它
有时，我会梦到名片的主人
醒来后就会胡思乱想
我想到了那双递名片的双手
会不会到了火葬场，或是
在摇晃打点滴的瓶子
如果更幸运，可能
按在一对肥硕的乳房上
但绝对不会想到这双手会扣扳机
这时候我也会联想我是不是保存了

一只秋蝉蜕下的壳
当然我也会在百度上搜索当年的福布斯排行榜
直到确定没有这个鎏金的名字

梦　里

三五街灯，像艳丽的站街女
当然她们比巴西里约热内郊外的站街女
要显得更有尊严
字大得出奇
仿佛整个虚空就充斥这个
被解体的恶字
令人忘记了号
商在鬼城不存在
这个证据就是纸钱都烧了
冷空气占据制高点
传说宇宙中最冷的地方
失去血肉之身支撑的我
倒吸了一口凉气
自然，凉气是从百会穴以外的地方发出
街道在摇晃
像喝了北京地下不法商贩酿造的红星二锅头
天穹只剩下出口
但那不是一个令人想逃的地方
天狗、天兔了无踪迹
兔死狗烹的感觉像雾缭绕
白日活着的自信
在梦里不堪一击
醒来还得认真摸遍整个骨骼
今生的我不曾散架

惊叹号与我并立

日子里面混着干柴烈火的味道
但是偷情这种偶发事件
断不会发生
痛苦像胡椒粉
呛人不伤人
一把常年摆放在一个位置的椅子
百无聊赖，它在
仰望一本书
一本长着鼻子眼睛的书，抑或
一本伤痕累累的书
一本流浪归来的书
把过往全部概括了
日子变得简约
像宋词的腰肢
搂着，幸福感油然而生
顿感世间女子变得油腻
如果一生可以精缩
那么，我只要与这个竖起的惊叹号
取性感的姿势并立

空巢老人

他讨厌谢幕这个词
就像讨厌烧牛尾不放黄油
但他不否认
人生仿如坐计程车
总要为后来者腾空座位
铁打的座位，流水的屁股
冰冷的雕塑，失去的热度
子女像嵌入名词里的一个动词
动词好动终会远离名词
光鲜里面发酵着并不富裕的孤独
有些无奈，不可言说
幼小的海豚从海湾游出后
这里成了名副其实的孤岛
一雌一雄互相守望
有时雌岛已沉入海底
光把影子刻画得很短
事实上，孤独却很长

一幅字作者的传记

一幅字辗转到了我手里
字曰：
因为一心有镜照
所以三千无量光
从此，我与字相识在互相欣赏的目光下
但是遗憾的是
我与字的作者素不相识
一个清晨
竟在互联网结识了他
一个世间风花雪月的故事
艳丽得可以涂上脂粉
婉约中可见凄楚
才子佳人的颠沛流离
从宋词的典故中逃离了宣纸的禁锢
与后现代的我偶遇在戴望舒的雨巷中
一米之遥，我打量着这个故事
或曰，我在故事里，他在故事里
握住世间的爱情
感觉发烫的誓言流过耳际
故事里说
有斑点的围巾系不牢
滚滚红尘一段情
千古芙蓉一枝秀
绝代冰雪两界遥

爬墙虎

没有人认为你是虎
柔弱的藤须间会长出虎牙
有效撕碎筋肉的那些虎牙
和利爪
比纸老虎略逊
纸老虎在近代史上
被一位伟人常提及
你这贴近痛苦和羞耻的方式令人吃惊
但是你的黏附和攀爬，以柔克刚
还是不能阻止我
只能叫你爬墙虎

摩天大楼

城市已无立锥之地
摩天大楼占据城市的制高点
原本光滑的地球
一时间像受到攻击的刺猬
本能地竖起尖刺
星体带着这些毒瘤
除了自转还努力保持公转

摩天大楼最高 508 米
一共 101 层
最顶层的人除了办公
还偶尔自导后现代的活春宫
他们似乎一直都在尝试
一种居高临下的做爱方式

中间层住着最容易跳楼的人
但他们不是郭台铭富士康的蓝领工人
他们是炒期货的金领人士
透支未来的时候，你必须站在悬崖上
从这个高度跳下
刚好是一个没有瑕疵的叹号

下层是一群被压迫的中间商
他们很有钱
不过永远都是预收账款

有三两个突然死于脑溢血或心肌梗死
财富一夜间就发生颜色革命
他们摩天大楼的办公室最易被接管

摩天大楼的裙楼像一件女模的花裙子
是一个热卖着世界各地奢侈品的大卖场
这里流动着整个城市姿色最美的女人
她们穿着吊带装或是蕾丝裤

会吐钞的女人像泥鳅
更确切地说，是接通吐钞机的女人
像蚂蟥一样多

邻　居

邻居在现代城市
感觉并不是一个有热度的词汇
我宁愿用劣质酒把自己灌得烂醉
虚度一整晚的光阴
也不愿与人用一秒去讨论邻居

在我的眼里
邻居是一个不分场合穿着粘着饭粒的睡衣
下楼懒洋洋地挪开挡了车道的车
没有任何歉疚的女人

在我父亲眼里
邻居总是争先
与这个曾经抗美援朝归来的八十多岁的老人
争谁先上电梯

在我母亲眼里
她真诚的笑容，总是在她本体里发作
邻居是一个不带天线的怪物

在我姐姐眼里
邻居像一只怀孕的非洲斑马
在迁徙的途中只顾忌河流下的凶险
可以用蹄踢碎一切挡在它前面的事物

我跨过省，出过国
也有缘参观过一些所谓的禁区
目前就差月球的虹湾和邻居家的客厅
没有到过

冷空气

天气预报说
从西伯利亚来的冷空气一直在南下
我讶异冷空气为什么总是从西伯利亚来
而不从我的家乡马摆大山逆袭全世界

不过，今年的冷空气里面新闻看点颇多
一位国内低调的富豪
在巡视完刚刚收购的波尔多葡萄园酒庄后
与十二岁的儿子同时遇难
诡异的是该葡萄园三任庄主
都是因飞机失事丧生

冷空气传出的第一讯息
并购事件与死亡同时发生

这令人想到了六十多年前
戴雨农从岱山摔下的一瞬
冷空气的矛头指向了一个时尚丽人蝴蝶
徐志摩在海上俯冲的一刻
冷空气的寒战在陆小曼的烟榻上一激灵

新年再没有汉墓被发掘
冷空气在汉界稍息后折返
冷空气一直南下

抵达我的鼻孔时
已是腊月二十八
我嗅到了王昭君出塞时
穿过其腋下的一股冷空气
前朝的脂粉味犹存，芬芳醉人
就像这前仆后继的突发性死亡
芬芳醉人

冷空气一直南下
又复穿过我的腋下
带着知名的不知名的事物

我想与这个世界私了

更多人憧憬，在死亡之前
意外会发生，并且
一直憧憬，意外常发生

在过去与未来之间
折腾个不可开交

人似乎也只能像青蛙一样蹦跶
而且总是像青蛙一样蹦跶

更多人乐意，在生活面前
幸运会发生，并且
一直奢想，幸运常发生

成功者的口头禅
我想与世界对着干
失败者的流行语
我想与世界横着来
或曰，敢教日月换新天
世界因我而不同

很多人说，喂，世界
我们谈谈
而我却想与世界
就这样私了

午夜白描

像被人从后面捅了一刀的尖叫
世界的下坠变得不可救药
很多站直的树在呼救

我在找黏附在窗沿上的一丝可能的光亮
因早些时候它从民国出发
在二次北伐的拂晓前
穿过一名十八岁战士的额头

这和平的光亮

如果萤火虫统治世界
我一直在问这个奇妙的问题

风借枝条之手拍打了一下窗沿
像不存暧昧的旧情人敲了你一下
喂，爱情，你准备去哪里

夜的事物开始依次复活，更拟人化
河流汩汩细语
它们更大胆，大声说
我爱你
世界

胶着的世界

我在寻找一些可能胶着的事物
试图分开它们

冬天总有不让人捕捉细节的隐身术
一种钢铁一样的冰冷拒人千里之外

钢铁已不再用来铸造武器
钢铁市场前景广阔

红尘里我有一对有力的翅膀
可惜像鸵鸟一样飞不高

掰开一对正在疯狂做爱的恋人
真是比登天更难

过去与未来胶着着
更多事物在你忽略它的时候
出现了你期待中的分离

而过去必然被未来
良好的胃口吞噬

以为木鱼敲响，混沌的世界初开

碎 片

黑暗像小屋包围过来
事实上黑暗不止向小屋包围过去
黄昏时事物无一幸免
这是新年发生的头一件事
北国很多年不再下雪
给雾霾笼罩
南国更揪心

飘絮像捡不回的一生

博古架上那个青花瓷太新了
似乎陈旧的事物能勾起我们一种情怀
卷轴上的一对小鹿舔舐着黑夜
这是唯一一个充满温情的主题

远方更远
近处成了虚幻的投影
令一切追思无功而返

我们在一些事物里面下坠
这种坠落舒服无比

我看到，一些事物成为碎片
更多事物又做无意义的粘连

角　度

一种寂寞与我在走对角线
当然，也可以这样说
我在角落，寂寞
在某刻代替了我

像一个狱卒一样透过铁窗监视着我

额头贴近天花板
但是事物的本质不是这样去看穿的

切入红尘的角度颇陡
有点像二战时期螺旋桨飞机的俯冲

佛祖拈花一笑
众生愁容顿生

春天是一条道路

一些冬天的枝条在编织
但不是花环，像故事
树上开满了各式各样的故事

玄武门看上去很安详
血色黄昏被移出了砖墙

大宅门怎么不是一出
破落知识分子家庭的故事

谈起知识分子
我们有点隐隐作痛
一直是这样
秦始皇对知识分子就不好
李白的豪饮是逃避现实
历代文人喝酒没喝出个明堂

塞外风沙平息
安静得像个襁褓中的婴儿
情节平缓而无陡峭
没有什么事物在摇晃
世界四平八稳，像一把简洁的明式圈椅

春天没有在联想中延展
因此，我就此形成观念

春天不是一种季节，而是
一条道路，一条通向
春天的道路

邮　箱

在一个无梦的午后醒来
来回奔跑于一楼邮箱与 202 大门之间
尽量让奔跑琐碎

日子不会在连贯中死亡
只会在停顿中烟消云散

我总是臆想
有信自唐朝来
唐明皇的明月被折成纸鸢
愁的不再是故国不堪回首

而我常回望
我祖国的山河

我总是臆想
有信自宋朝来
赵匡胤的卧榻之侧
不再砍杀鼾声雷动的人

我总是臆想
有信自民国来
一个移情别恋的民国女子
今夜想与我谈
《诗经》《国风》

事实上，我不希望现在或当下
给我寄来，只言片语
我是被现实镂空的一种蕾丝
只在时尚的灯光下闪耀
或是在你性感的走秀中过时

生活的屁股

逻辑的延续，像
根须的生长，像
枝节的分叉，像
癌症的扩散，像
蚕食，像
侵略，像
分娩，像
绵延，无尽地绵延

此刻联想男欢女爱，该死
此刻联想黄金万两，该死
此刻联想抄家查办，不该死
此刻联想铡刀砍头，不该死

河流是个奇迹，河床是个意外
山峰是个奇迹，山谷是个意外

生命是个奇迹，生活是个意外
生活是种堕落，生命是个混账

尽管世界不是一只可以顺毛撸的虎
生活的屁股还是可以摸一摸

一只晨练的宠物狗

主人还在延续自己好梦的时候
它是自己的主人
我确信这是一只晨练的宠物狗
在奔跑中喘着粗气
它的前腿迈得很开
退化的身躯扭动着生活的节奏
娇憨的体态搅动着生命的涟漪
他热爱生活的态度令我们汗颜
一只晨练的宠物狗
要强健的体魄何用
莫非常思野性的回归

这就是一种调子

院落被合围在黄昏的沉闷中
枯藤缠绕老树
它们总是那样
一种记忆在失联中
精神的碎片无处打捞
昏鸦情绪极其低落
断肠人门前难自清
世界在这一刻是揪心的
我看到了种种悲伤的层次
像那些用节奏相连的音符
是的，音符从来没有像这刻休戚与共
无奈的生活中
这，就是一种调子

夕阳西下

薄雾给泾渭分明的天际晕开了一团暧昧的边缘
胡杨树把剪影留在了河边
鸟儿栖枝
舟横野渡
心事相互拥挤
诉求被冲淡
灯火骤亮的西窗
故人瘦成灯影里的火苗
与思恋一同跳暗夜的舞蹈

有关零的记忆

枝条上的枯萎齐刷刷地垂在彼岸
而我常在此岸伤怀

一只鸟儿把剪影留给了春天
羽毛像斑驳的荒芜，是的
荒芜总是斑驳的

谁在用生命凝重的痛
抽打着赤裸的春天

骨骼的抽象令人痉挛

影像于文本之外哑然
高楼有骨感的美在黄昏时淋漓尽致
一条路导向了记忆的过去
无数个零在讨厌地向我挥手

赌石（一）

世界静美如斯
我在红色的梦里入定
说着呓语的小鸟
试图阐述人生
爱深不可测
冰地飘红只是明里的诱饵
火焰纹或许都是幻觉
这爱，可赌否?
透明难阻止光线的入侵
鱼、我都不咬钩
佛在孤独园把烦恼
即菩提，给我
天门洞开
但我却爱上炼狱之门
爱与被爱似乎下场都不妙

赌石（二）

打开窗户意味着就没有返回的路径
抵达 B 站或是 C 站
对于我们来说没有什么不同

在透明的深渊里面
毫无抵抗地下坠
对于这种未知
感到很享受

我们或许能以一种喜庆的颜色
在下一站曼妙的风景里面相会

春风已过
万重山
千堆雪

在风化壳外
用哑语交流
这是宿命的暗语
这，也是破译者
不应该拒绝的爱

赌石（三）

丑陋的掩饰是专为你设置的
何必在乎世间那些俗眼的打量
你已被世界遗弃一百次
第一百零一次
我在火山口捡到了你
今生再难舍弃

你的光芒已刺穿
这岁月风化的积尘

与星空里最亮的星辰斗亮
这是爱情的光辉

没有谁会赌你
但我确信
我会押上今生

赌石（四）

在柔软的态度里面去折中
在温柔的包裹里没有什么不可以被融化

但石头必须郑重地摆上祭台
我用佛许我的一炷香
来发今生不再离弃的愿

亿万年的相遇马虎不得
所以，即使留下创口
也得切开来看看

这爱情太血腥
世间的凡人受不了

但，在透明里
始终为你留下了一个逃生的通道

去，则玉碎
留，成作品

赌石（五）

我不放弃希望
如果能从这微小的开口
窥视你心灵深处的秘密

爱不在侥幸中邂逅
而在虔诚的祈祷中到来

一块等待眼光发掘的玩石
在命运的沙砾中随遇而安

如果红色里面能长出爱情
并能在秋天挂出带有火焰纹的硕果
这有什么不可?

以坚硬的金刚石切开
前世彼此的承诺

在红色里面
不见不散

赌石（六）

在被爱之前首先付出爱
感动自己的泪水会沿着
被感动的你的路线奔涌

你会被构思成伟大的作品
世人会在这场雕琢中惊叹

爱情的硬度本该如此
你按捺不住的热情需要水来冷却

把那些故事刻画成深浮雕
从镂空里面回到前世
所以，在打开一切未知时
我相信运气

真情能令石破天惊

石　缘

你把自己包裹得很严
谁都看不到你晶莹剔透的一面
你和世俗隔着厚厚的皮壳
在层层的火山灰沉积里面
你与日月讲禅
在星辰照耀下享受孤单
期待耀世的爱情
岩浆把你融化
重塑的岁月里
你静静地与那些玄武岩为伍
安然若素
你清楚会被谁雕刻
会拒绝谁雕刻
所以在作无为的等待
这正是我不能肯定的
我想过了八十种回避的方法
然而在随机里面
全是遇见

作　品

妩媚的红艳浮在表面
若隐若现的玫瑰红藏在内层
色彩在有层次的空间
被雕琢成潜藏谶语的物像
今生被抛光
来世被抽象
只有多种表现手法才能
诠释历经岁月的沧桑
三千年轮回一次
就是应该这样闪亮登场
爱情是世间稀有的艺术品
他们只能被岁月收藏

谎言的韧性叫人倦怠

被表达的肯定不是语言
语言被过度使用，像地下水

塌陷的并不止这个世界

事物的脆性只能被有限度地容忍
更多的断裂被定义为死亡

我们一生在与韧性拉锯

加沙并不是世界难以揉进的一粒沙子

在善恶的二元论中
总是由肤浅的乌鸦来充当学者

被雕刻的元月

元月泛着把玩后的贼光
多少死人抚摸过的元月

在我们成为又一静物前

光阴顺势摆动慵懒的尾巴
在一阵涟漪后潜入了水底

没有人想到死亡会这样近在咫尺

垂柳接触的河面
有不甘心的鱼跃出水面
它想跟浮云交代什么

命运有如这带着牵引力的水流
抗争只会被带得更远

故事在有高差的地方泛起气泡
最后回波变成一种低哑的旋律

空气被镂空后是什么模样
突然有雕刻元月的冲动

我被声音钉在过去的隔墙

经历了冰河时期
激情有如虫珀一样被封冻

在光阴凌乱的碎片中
一种复合在孕育

这人生的长度像藕丝
经不起像样的外力拉扯

空气被天使编织成金刚结
世界在青金石的蓝光中
熠熠发光

未知的命运像隔珠
但你总会在下一刻触及

一念　生
一念　灭

枯 竭

风在岁月尖利的刀刃上被雕刻
爱情被一场陌生的火焚尽

天涯水草丰美
牛羊成群

而你的墓碑已被风霜刻画得面目全非
你的子孙沿着你放牧的方向放牧爱情

如此传承，也唯有这样传承
命运的轨迹如此跌宕起伏
我已预估几分

可悲的是，剥开橙子
我们已没有可供哭泣的泪水

面　对

世界蹒跚如老人
所有的晨鸟都拄着拐杖
知了知人间百事

生命的尖啸
令人冲动难忘

拇指止于 108 颗佛珠
弱息从佛头的另一端绕过

风刮过时
带着前世糌粑的味道

这一世
因果成熟
恶，白里透红

鸟儿的生活改善了吗？

全国人民生活改善的这些年
鸟儿的生活改善了吗

我知道，只有候鸟
可以移民

那是寒冷的西伯利亚
不是四季如春的墨尔本
以前，甚少听说西伯利亚排斥华鸟的事件

短暂的迁徙并不改变
它们最终会回到祖国的事实
当人们浪费舌尖上美食的时候
鸟儿的生活并无大幅改善

墨尔本成了最清静的城市
因为它们只有中国精英

鸟儿的定向迁徙
使这里的移民局异常安静

于　是

天空飘浮着时光的碎片
这种粉碎很难被拼接
往事互相碰撞
又不可避免地成为碎片
空气充满轻佻的芬芳
堕落并非坏事
烈日下，思念被烤焦的味道
令人难忘
这是个有九个太阳的午后
玫瑰花在有热度的水杯里绽放
没有人想到用它来赢得爱情
日子被我们像宝石一样地切割
明天很美，折射出了八心八箭
故事像悬停的幽浮
时光被咖啡泡得发黄
在一本书的华美扉页
爱情展露出了一个新的创口
……

推演悲剧

事物坍塌的速度
与一辆奔驰的列车无异
何况这肉身的脱缰
竟是如此快马加鞭
我何曾生
我何曾死
念珠不过是把一个虚空拨到另一个虚空
昨日的秦皇汉武
今朝的唐宋明清
世界坏空的历程
与一个王朝无异
何况这蜉蝣似的一生
譬如朝露瞬时无痕
你何曾死
你何曾生
木鱼声声慢
一个轮回环扣了一个轮回
你不认识了我
我不认识了你
奈何桥上奈何谁?

睡　前

把心脏像倒悬的点滴瓶一样挂起
如果生命可以这样细水长流
伪装的衣衫
一件件折叠归屉
像心情码放整齐
这一丝不挂的身躯
自然是透着浴后的芬芳
该是陈列在夜幕下作为道具的时候了
睡前，我还习惯把此生邂逅的女人逐一检阅
她们戴着战斗过我的贝雷帽
英姿飒爽
我不希望有漏网之鱼
夜色冰凉怡人
像抚摸蛇背划过的惊悚
梦永远不会凝冻
景色被墨一样的黑色色块淹没了
难以沉迷
一梦，世界会否翻天覆地
来把当下颠覆
认真地把荒谬抚摸一遍
我吻着世界说
晚安

佛　珠

水上挂满铜铃
流过时岁月叮当
在最美的年华错过你
在最深的痛里把你邂逅
你面若满月
脸庞如江山起伏
羞涩感天动地
温柔牵动虚空
落霞逐裙袂而动
盈香弥漫红尘
此时，朝霞满天
孤鹜展翅
你在流年里
以一个最美的曲线定格
我与世界同时侧目
如果，亿万年的琥珀此时成型
那么，滴下吧
请以你滚烫的热泪
来沐浴我
我原是蜷缩在那透明里
对爱情深怀幻想的虫子
在卑微中爱得感天动地
穿过念珠作为佛头的那粒
就是此生与你千年后的柔指

来做亘古相遇的这枚
你转动得了虚空，一定能
转动爱情

标 杆

在黄昏与黎明的分界上
竖着一根2.5米长的标杆
有时落日的余晖
照在0.8米的刻度上
那是爱情的高度
有时晨霞的光彩
染在1.6米处
这或许是与新生有关的尺寸
朝夕绕着标杆吐着大海的叹息
海鸥在标杆后优雅地侧身
我用它来丈量
我被落日的余晖拉长的背影
在又一个黄昏与黎明的分界点上
我愿意相信
人的一生长不过一个影子
灵魂在光影里面轮回
而肉身一次次腐烂复又重生

六字箴言

一遍是念给恐惧的自己
一遍是念给变成肉的众生
然而
回向很苍白
有灵魂附着的肉
在高温下跳着女巫一样的舞蹈
羊肉因交配后的痉挛
还在高潮的巅峰
草果，八果
难以去除这红尘的腥味
肉香像会产生幻觉的大麻
以为人生很有嚼头
但这还是不能阻止我
吃鱼时
常想起鱼的交媾

有洁癖之恨

你在黄昏醒来
歌声被误传
蛐蛐忙着没有意义的交配
河的延伸比较盲目
逐流的鱼们此刻的寂寞可想而知
人们基本忙着在跳广场舞的地方蹉跎
变老的过程没有新意
死亡前赴后继
地平线上没有舒缓的过渡
被直接投影的影子极像皮影戏
这种恨
很干净
不用上色
就能搭弓直接射向敌手

午　时

一只没有漂亮雕花的玻璃杯
一张只有三只脚的椅子
还有暗尘浮在表面的那些老式家具
常令人怀想缠足读四书五经的祖母
它们与我似乎都在等一餐偏离习惯的午饭
但厨房安静得可怕
没有金属的碰撞等于是加速了饥饿的恐惧
国画里的仕女拒绝任何交流地沉默
似乎这场烟雨已与她们无太多关联
通过层层隔离
阳光已很难穿透
这布满时光微尘的阁楼
阁楼幽居着
我们不愿长大的青春

该死的爱情

阳光在呈 90 度角的地方
扔下了黑暗
这不可思议
植物被迅速判死
蒹葭秋水寒
黑颈鹤从家乡皱褶的湖面飞走了
去冬的消息令记忆在低寒里变硬
想此时
我们的忧伤
是否有一致的方向
从南方指向北方
在一件裘皮大衣的袖管里
我们十指紧扣，互相取暖
这一世，我再禁不起你的走失
在 97. 1 这个频段
我意外地收到你不紧不慢的心跳
像被封禁的美国之音
我只有在干扰极少的清晨与你相遇
还要那样虔诚地没有抖动
该死的爱情
我说

高　雅

知识上浮有暗尘
这不是轻易就能掸去的
这得有信仰
或许
老鼠会在发霉的知识里交配、产子
开始它们看似有意义的一生
但，这可能不会被效仿
人高贵得有点活受罪
世界已不被人精致地阅读
高雅被一种极易破碎的杯脚代替
里面灌满了中产阶级肤浅的忧伤
对
他们常碰响高雅
让它回声嘹亮
在伞形交易里
以一比四的杠杆
去搏刀尖上甜蜜的明天
这就是生活

穿 越

总有一些宿世的气息扑面而来
芬芳醉人
你是越女
我是刺客
我潜伏在时光的虫洞里
代号老 A
你手挽风月
来去无踪
江湖雅号小青
一头秀美婆娑的青丝
像古琴上绷紧的旋律
前世在今生中成茧
我们需要层层地剥开包裹去寻找答案
这种日子是触目惊心的
今生定比前世短暂
所以在只争朝夕中我们显得有些慌乱
约定像古玉的沁色
染了洁白，浸了沧桑
古墓的机关连着最先表白的人
谁率先吐出那个字
必死无疑
而宁愿看时光触地成灰
流年流经处瞬时无痕

捍 卫

黄昏变得陈旧
像从做旧古董上取下的片段
昨日又被撕下一角，跟旧报纸一样

我们与蹉跎混迹在胡同里
在带有尖啸的流逝中发着微弱的感慨

你不能把生活怎么样
相反你会学会被生活强暴之后的
隐忍与享受

寂寞闪耀而奢华
像蓝钻的光辉

在人生每一个出场
我们以频繁的走秀来抵抗内心苍白的泛起

你说孤独是一剂迷人的药
但不是每个人都会爱上它

你一生被碎钻簇拥
以闪耀代替无奈的叹息

如我一样只用爱情来取暖
如果爱情最后变成灰烬

是否可学
剑羚用坚角拱卫最后的爱情领地

衰老不会纹丝不动
爱情不会在头颅里再生

这依然不能阻止我们滴着完整的血
寻找不完整的爱情

却上心头

听雨打瓦楞
愁垂屋檐
滴不完相思泪
看月挂树梢
心悬枯枝
说不尽凋零伤

凭栏无处话凄凉

观常与无常
悲从心生
道不完轮回苦
想放不下事
几多无奈
讲不尽红尘苦

旧怅未忘新愁又添
找何人诉衷肠?

隔帘听雨

披衣起坐
隔帘听雨
点点声，如诉离别意

鸿雁无声
雨滴声急
声声怨，恰似故人情

人生自古离恨多
红尘漫途红颜少

几经风波
浪沙淘尽
竟是孑然凋影
空山幽寂
白雾迷离
更是触景伤情

愿以万金换酒醉
斜风细雨休言归

今夜
谁与我醉?

煤

我们曾是参天大树
与史前的恐龙共享一片晴空
日子精细得像云朵
幸福被我们盘挽于高耸入云的发髻
如钻石般闪亮
你不用担心永恒被谁夺走
永恒，永恒着呢
生命的意义被不可一世的骄傲压住
创造世界的诸神
从来没有这样放纵世界
那段历史是一个星期天
诸神狂欢忘记凡界的周末
万物野蛮生长
私欲膨胀
我们并列
那时就有古老的爱
颜色怀旧而温馨
但缺乏奉献
枝干与枝干摇曳着爱的风情
树叶与树叶轻抚着无限的旖旎
但不知燃烧自己
只想追求纯粹的幸福
幸福之神震怒
以一颗来自人马座的流星
终结我们对幸福无止境的渴望

世界因贪婪、索取而毁灭
万劫之后
今生今世
我们叫它煤
热情被萃取
自私与索取因发酵而腐烂
包容与奉献因高压而结块
变成黑色发亮的燃物
为所爱之人
所爱之物
燃烧自己吧
佛说
这就是生命的意义

江　湖

我习惯把生活叫江湖
或把社会叫江湖
江湖没有日出
似乎也没有黄昏
江湖像丛林一样
有英雄或是魔鬼的出没
江湖烟波浩渺
业力丛生
江湖只有
恩怨
爱情
决绝凄美
江湖没有婚姻
或是婚姻都会注定在江湖
被拆散，江湖不会欣赏珠宝
但会以佩剑为美
寒剑出鞘，他们用来杀人
也用来斩断情丝
自从恋上小青
我在琢磨怎样
退隐江湖

离　曲

天色向晚
暮色凝重
一抹紫霞凌云空

夕阳甚好
人生迟暮
半勾寒月金樽中

月上柳梢头
难见离人归

等
帆影过无数
留
渡口风又起

与月饮风凉
酒阑夜更长

雁字回时
乌云满西楼

风月剑

江湖小住
闲时弃文弄武
剑指风月处

与风舞虚空
卷起一秋落叶

对月成双影
剑走几处偏锋
锁喉无情处

凌波却嫌这肉身重
行云偏遇风满楼

干将去我执
莫耶斩情丝

谁扮梁
我扮祝
琴瑟相和正好觅个好去处

水煮时光

我总怕自己老得太快
再见你，无地自容
我对时光说，慢点
再慢点
你看过清晨我被朝露润泽过的容颜吗?
这时候整个世界都是羞涩的
指尖划过处，世界为之闭合
像不经世事的少女
在枝叶间编织着繁华而盛大的梦
我对时光说，慢点
再慢点
我一生要见的最重要的人还没有到来
我怎敢独自老去?
风霜飘落
岁月成尘
我们像釜底的青蛙
等待温水的煎煮
我对时光说，慢点
再慢点
我想说的话
还没来得及说出口
命运的向心力
就把我抛向了下一个未知
你听见了吗?
今天我要为你

把爱留下
在家里那件老式的衣橱里面
挂着我一贯的温暖
尽管往后
我被衰老绑架
死亡胁迫
不过它们在我这里将会一无所获
我对时光说，慢点
再慢点
你的脸颊还未曾印上我深情的唇印
我怎能容忍鱼尾纹放肆地在眼角生长
慢点，再慢点
我对时光说
……

窗寒秋冷

窗棂锁秋，凉风又起
云卷云舒，秋暑几重

独上兰舟，锦书非自云中来
望断归途路

孤影流连，拥惆怅一夜无眠
又添一份愁

君在杨柳岸
我在险滩头

有音无容
缘来缘去竟如一场空

听箫声弱，看夕阳落
云哭一场
我哭一回

折古琴弦，断风月剑
沧海难水
巫山云散

梦里依稀泪满襟

闪思闪存

1

这不是薄与厚的问题
一页纸说翻不过去就翻不过去
停留在指尖是今生
翻过去了就是来世

2

压死骆驼的最后一根稻草
其实分量很足
但最容易被轻视

3

今生我们尚且认识
来世擦肩而过，你定再难相认
有些缘分就是用来刻意错过的

4

海枯石烂时
你真会一袭青衣秀发而来?
别逗了

化石里面那只蜥蜴的眼泪还没干呢

5

液态金属尚难支撑气场强大的灵魂
3D 打印又如何能还原你绝代风华的倩影

6

当我们的爱情变成一种抽象
谁还会接受再回到现实主义中去
忍受煎熬

7

我学会了用荒诞主义的色彩
来装饰自己的清晨

8

接受岁月的安抚吧
尽管这种温暖有些嘶哑
尽管有些突然的醒悟有些粗暴
不痛，又如何叫人生呢？

9

自己为自己编织的谎言最受用
有时，我们还要用精致的高脚杯来
独自啜饮

10

影子是忠实的伴侣
你倒下时她一定会来殉情

11

结局取决于朱丽叶的态度
但谁知道朱丽叶是怎么想的呢?
她那样惜字如金

12

罗密欧或许适合
在命运里永远地潜伏

13

然后，像耶稣一样钉在十字架上
在电钻以及旋转螺丝的时代
这个是容易的

14

共和之路像我们马拉松式的暧昧
寻找天然碧玺之路那样漫长
我不堕落也属难得自重

感　悟

1

赢，何愁无人陪你君临天下
你若盛开
蜂拥而来的
都是要采撷你的花蜜

2

关键是输要有人与你醉酒天涯
你若凋零
送你一程的
才是红尘的知己至交

3

做不成恋人做朋友
多么婉转锋利的拒绝
我不缺朋友
独缺你

4

只有恨

才能证明爱过
不痛你依然要握住
那个九十度的水杯

5

人走茶凉
想把盏交杯的朋友都没有
怎么会有一口热茶
来暖心窝

6

红尘的薄凉，有时竟不抵
一件旧氅

7

弦断之前的尾音叫绝唱
聪耳不存
古琴空陈
不如学黛玉葬之

8

掩饰完美是累的
不如留下破绽

9

美人迟暮
英雄拔剑自戕
只有与敌同分乃父杯羹的流氓

方可为王

10

悲从喜来
喜自悲生
万事可断
怎一个情字
难，难，难
信誓旦旦终归要回到
最简单不过的平凡

11

看不见敌手的孤独
才是真正的孤独

12

江山代有新人出
由来只闻旧人哭
老，那么无奈
死，这般必然

13

人生由命不由己
争来争去土一杯
乐，勿忘忧
苦，常思甜

我小心翼翼地睡去

我怕世界吵醒我
我小心翼翼地睡去
在历史的谶语中
复活
复活
也不止我这个词汇
一具具没有头颅的僵尸
我的手跳着 21 世纪的
经典舞蹈
机械而乏柔美
触摸屏很好玩
只有这点尚能证明
我与娑婆的对接
死去真好
是觉
是觉
穿过一个隧洞或许
自会明了

季节的辩证

在枯萎的枝叶间
我们聆听着春天的信息

在绿色风化的背景下
生命吱吱作响

春天似乎很远
令我想起了传说

记忆如种子一样被播种在土地
然而
我们并不想在失忆中醒来

季末的冬雨
拍打着
这个叫春天的概念

一条来不及冬眠的蚯蚓
在我的视线内
穿越了整个冬天

与一只蟑螂的邂逅

我曾经在厨房见过它
瞧，它尚是一只幼虫
在食品盒外伸缩着
忐忑的触须
它一定在想
这是谁的奶酪
我想，它会就此消失
在思想里拍掉一个幼虫是容易的
但我不在意思里杀生
黄昏时分
我想到了放在客厅几案上的馍
翻越了它的千山万水
那只幼小的虫
居然又出现在
食物的倒影中

如去如来

明月松间照
溪水独自流
已是黄昏
枕上堆来愁
梦已断
弦自弹
关山冷月锁幽寒
坐，怎生个冷落
睡，梦何时是个止境
人生长恨水长东
浮影掠尽一场空
看红尘破
追夕阳落
高山流水枯竭会有时
孤弦拨弄喑哑已无音
来去也
归去兮
何必泪眼问花期

盲人的爱情

爱情没有形状
只有起伏
爱情没有影像
只有盲点
上苍把爱美的心灵赐予了你
却为你拉上了遮挡光明的帷幔
你看不见的都是理所当然的错过
你触摸到的都是生活赐予的必然
你看不到爱情
你听得到爱情
爱情不在色系而在旋律里
盲人摸到了爱情
爱情
如萝菔
如箕、如石、如杵
如臼
如床、如瓮、如绳

我是坏人

我是坏人
世界
请原谅我
我是最后一个
也是最初一个
坏人
在鸟语花香的幽径
不小心踩进爱的陷阱
我看到一支枪管在把我精确地瞄准
我是一个坏人
我只是一个坏人而已
你又何必认真呢
猎人的枪管是辩证的
世人的眼光是独到的
我是一个坏人
我是一个无可争辩的坏人
把自己放置到美学意义上的辩解
似乎毫无意义
我们审美的眼睛
视网膜脱落在黄昏
我宁愿是一个被人们指责的坏人
哦，坏人
多么让我释然的一个词汇
我从此可以与青楼拉近距离
与社会固有的评价体系

保持不会发生亲近的距离
没有一种评价能对我产生伤害
坏人是一副盔甲
好人的指责于我来说是苍白的
尽管你渴望被我认证为坏人
可勇气是你此生难以逾越的高墙
我是一个孤独的坏人
这是生活对我的奖赏

仪　式

亲自为她披上红色的盖头
像新娘一样
红色被有金色的铸造纹托起
海上生明月
或是生活波涛汹涌
我们用一种颜色
一个造型去冲浪
一千年前我就梦到有这个圆环了
我得亲自为她披上盖头
世间女子从来没有享受如此充满仪式的待遇
一个神圣符号
它的羞怯隔着一种
由宝石光散发出来的红色
我们把她在一堆石头里面抽象出来
一切爱暂居于此
那是诸神的坛城
我们为什么又要把它揭开来
神秘或许是神的馈赠
这个指环似乎正在成为永恒
当人们记住它的时候
光环于我们已没有实质意义
但一种精神会在
一种叫作企业的内部复活

转山转水

庭前荒草径
岁岁枯煞人
野火一烧尽
哪见春风生

春复春
心非心
意恐迟
人慵散

山不转来水不转
风不清来云不淡
试问卷帘人
雁阵捎信为谁传

世　绘

孤裘单衣薄
人情纸来比
昔日车马喧
今日门罗雀
冷暖尔自知
悲喜难自胜
世情薄
人俗恶
总是真情总是错
晓风干
泪痕残
纵使凄凉纵使受
人是人
情非情
世人堪比陌路行

东逝水

赌物未必思人
物是人非
欲语泪先流
双溪春，难似旧日好
舴艋舟，载动一缕愁
他年尤记
你侬我侬
海誓山盟动泰岳
而如今只是
你是她非
她是你变
你你我我他她
他她你你我我
全部情乱意迷
故事难堪回首月明中
寻旧昔
早已面目全非
一江暖春水
共许多皱纹
向东流

章台柳

章台柳，章台柳
昔日青青哪在否
春去冬来会有时
绿叶凋零几岁枯
一火焚尽青烟无
零落田间又作尘
章台柳，章台柳
新垂长条非旧条
老树早换新人颜
新枝怎能识得旧滋味
旧垂新垂何须动思量
奈何桥上当遗忘
愁恨原无由
孟婆早勾销
章台柳，章台柳
昔日青青纵在否
也应不是君
他年别恨秋
纵使君来
何用计较攀折他人手

那么世界，我们坐下来谈谈吧

背不动的 2015
我终于可以把你放下了
我有点庆幸
有点得意
我负红尘
今日一债了
然而我不能得意
又一个不知分量的 2016
在向我压来
那么
世界
我们坐下来谈谈吧
……

运　动

没有事物静止
连教堂我都看到在搬迁
何况蚂蚁匆匆忙忙的背影
道路成为道路
它们也未曾停止走向未来的尝试
速度把世界的节奏调到通向死亡的正点
春夏秋冬在这个
绿灯短暂闪亮的路口交会
生死接力
在十米高的跳台发生
在缺乏韧性的撕裂中
时代与我
都掠过一丝疼痛
难言告别过去
告别当下
未来在陡直的运动中
被质疑
醒来已错过我的时代

魅 影

魅影通过三千年修得人身
且止六宫粉黛
三千佳丽被漂白成素
魅影过处
含羞草闭合
秋蝉噤声
优昙波罗花
也为
这亦佛亦妖的魅影盛开
魅影在天界曾是天使
因过于叛逆触犯天规
被罚成为投影
它
就是我们的影子
魅影来自观世音撒净水的那个星座
魅影只有午时
日照穿过头顶
才允许现身
所以
影子与自我的依恋
总是若隐若无
且不能长过自我
但在黄昏是个例外
影子可以被无限拉长

但这时
作为投影参照的肉身
已迈不动脚步

珍珠恋

我在一个清晨复活
然而世界已面目全非
厉风长出了牙齿
寒冷端着卡宾枪
存在成了被折射的皮影戏
握着把握而死
枕着梦幻泡影而生
怎作如是观?
诸神在一些古老的织机前
缝补罗裳
当下人成了备足萌态的木乃伊
深冬了
远方很远
世界近在咫尺
沉默是世界的另一种
我们并不想探寻的深度
每种颜色都透着劫后的刻骨
我只有不断约见故友来证实存在
一个聋哑的智者告知
把欲望折叠你就是变形金刚
在须弥山巅可以拥吻天地
可我只想戴着我前世那串珍珠
远离你们这些戒定慧
愚钝地终老

找　心

如果你看见心，请告诉我
心血管医生用手术刀
挑出
胸腔里那个桃形的血淋淋事实
先生，请看

如果你得到心，请告诉我
在行将枯萎的玫瑰花瓣中
谎言挤成九十九朵的模样
我们像刽子手一样彼此要心
亲爱的，我要

如果你得到心，请告诉我
在绞死圣徒的绞绳上
真理的失去从来没有快过这样的速度

如果你得到心，请告诉我
恋人们在争吵
朋友们在比划
划分党派的政客们在收复人心

如果你得到心，请告诉我
过去的心给你丢失了
未来的心又找不回
那么现在的心呢?

寻找辩证的我

我我我
曲项向天问?
盘古开天地
我自何处来
观自在观我
我观自在我
我看见的我
唯物的我
唯心的我
荒谬的我
符合逻辑的我
自大的我
卑微的我
七十亿个我挤得世界水泄不通
一个无我世界空
我在哪?
哪有我?
我是谁?
谁是我?
给我
我给谁?
……
找不见我
继续找我
人人皆我，我皆人人
自我从何来，我自何处生?

翻云覆雨情

红藕香残
懒着罗裳
别去岁月应无期
轻解浅愁
不理缘由
兰舟催发经年后
暮暮朝朝
灞桥柳绿旧枝条
点苍浮云送归鸟
如今秦汉不再
楚天阔
岁岁年年
江山依旧换新颜
偷星换月敢为情
翻得浮云却为雨

夜　宴

夜色掩饰在银河中
我们用星辰做杯盏
星座做案几
星云像喷发的烟火
这种夜和众神的心情一样璀璨
我们没有争执
谅解形成备忘
被带闪存的 U 盘收起
以五岳为座
醉出禅机
王母赏赐了不少蟠桃
托塔天王执斛豪饮
太白老童捋须笑坠斜阳
丘比特执箭飞来飞去
然而
谁都不想被射中
他们在躲因果
吴刚捧出人间的佳酿
华尔兹很美妙
我携嫦娥舞动九霄

夜宴舞曲

无醉嫌清醒
纵使清欢难自在
酒过三巡
还如梦
冷月如勾
凄然一如黄连稠
人生序幕
你弹我唱
感动泪两行
煮酒共叙
别来哪无恙
和泪同饮千古愁
尺八一曲到九霄

中秋伤怀

才过中秋
又迎中秋
往事如钩
月如炼
斗转星移
飞星传情
人间只知嫦娥怨
三千年共广寒宫冷月
人间弹指
二十四史成了旧黄历
多少爱恨黄梅枝头艳
不见月圆
恐是缱绻
秋水望穿
幽门别院

解　花

踏春无数
红颜又争俏
绿叶枝间晓风妒
寻往日芳踪
落红谢了
一抹幽魂去了太匆匆
兰指轻捻罗裙
蒺藜牵绊青春
不觉已迟暮
花似无语花有语
泪眼相望处
风也匆匆
花事也匆匆

重　逢

流云浮光
重洋万水
只为三千年来此一聚
门扉半掩
裙袂飘处盈盈动人
笑靥初开暖寒烟
一语谶破原是旧相好
尤惜他年
红楼难寄浮生梦
造化非弄
造化也弄
不共也共
共与不共
怎与浮云抢风头
相怜自是同病生
尤其情到深处

神　谕

神谕来自于一行行需要解密的文字
我在里面读到了你
读到了抽象的你
第五章节的陈述
晦涩难懂
没有任何结论
世界萎缩在一个标点符号里面
或者
一个标点符号延伸出了世界
你在 A 星系上
晨起绕纱
日落伴箫
爱情始于影像
终于影像

水云间

傍晚群山隆起
世界并不是我们理解的平面
在弧形的球面上仅存的思念并不稳定
炊烟是唯一的生机
岁月在这里偷梁换柱
云水相遥
做一回我没有来过的梦
一个人的剪影那么生动
是记忆
也是
所谓的人生

置 换

最近发现我丢失了一件东西
它叫自我
很多年我一直试图找回的
和想扔掉的
原来在一个傍晚
遗失得这么容易
我还记得祖先赐给我的姓氏
唯有偏旁部首显得有些不同
而那个记忆中的他
粉碎如齑粉
一个灵魂
把我的灵魂置换出来
晴朗的天下着虚无的雨
我爱着虚无的人

古驿道

平整的青石
已经变成自然的一部分
低矮的青松在石缝间长出
偶有石苔
古驿道上
有明朝的脚步
有大清王朝的匆匆
说得更具体一点
除了麝香夫人的朝拜觐见
我甚至更会联想到
昭君出塞曾假道贵州
光阴总是南辕北辙
古驿道上也有接亲
送亲的人群
那石纹间是否有三寸金莲
踏出的印迹?
而我们也同样会变成
古驿道上
被别人怀想的人

宝石花

我喜欢春天
然而我无力留着春天
所以我把宝石变成了花朵
我就那样以为
春天
在我的怀抱
的确
春天那些自认为娇艳的花朵
都凋谢了
唯有它
始终绽放在我们
不会凋零的灵魂中

骤雨写意

高楼骤雨急
离人此去竟无期
云绕楼台
愁绪如来

胜景空陈
妙音仍在
一瓣芳心两处拆

恨那流年
西窗月独圆
寂寞山外人不见
斜阑独语
心事难笺

新子夜歌

寻春须是先春早
春光旖旎
偏是我迟到
看花莫待花枝老
繁华枝头俏
总是花谢了
沉醉归途
浅愁几时消
此时莫问春
柳桥恨别
余音尤缭绕

上甘岭老兵

年青的父亲一直站得很远
像一个故事与我保持距离

——题记

1

父亲把大手按在我的额头
38 度线，38 度的高烧
781 高地比我的眉骨略高
679. 1 高地比我的山根略低
我的心跳起伏
781 减去 679. 1

2

这个正义的屏障挡住了滚滚的战车
五圣山上无圣人
撒旦的铁蹄已把上甘岭踩出无数个脚印
上甘岭像个锤扁的铁壶
比任何一场战争的阵地，难看
还在发出铮铮声

3

父亲的眼里倒映着飘扬的红旗

锤子把镰刀锤出了火星
祖国把热血推波助澜
山雨欲来不见风
海啸相形见绌
羞赧的地震比平日安静
滚滚的泥石流退回了山坳
谦逊的火山影藏了火苗
起伏的太平洋在每个战士的心里
四大洋的潮汐正在牵引着
摇摇欲坠的北半球，尽管
鸭绿江只是一条江
三八线只是一条线
正义在一个充满硝烟的地方被光大

4

东海的海水殷红
西海的海水殷红
三八线丢盔弃甲
元山的炮弹壳要卖多少钱
小区那个收破烂的张大爷赶紧去
战争的废墟是座富矿的山
满地的美钞任意捡
乔治·华盛顿的头任意踩
上甘岭寸草不生
金达莱却在战士与侵略者死斗的缝隙拱土
金达莱，战斗的花
金达莱，顽强的花
金达莱，战士的魂
金达莱，英雄的魄
二蛋把蛋壳洞穿的小肠
往脖子上一绕
刺刀尖上就挑穿了一个侵略者这词

大山把颅骨的鲜血一抹
常山赵子龙的集束手榴弹就在敌窝炸开了花
还有张大炮的喀秋莎
连黑夜的窟窿都不怕

5

炮火轰鸣，时常漫过他老人家老花眼镜
马克西姆重机枪不在，他拾起了镜布
他在不该有泪的年代有泪
这已经是第六十个春秋
战士的血，父亲的泪
都是水做的
坚硬的血，殷红的血
柔软的泪，无色的水
在苦涩的盐碱地上集合
血与水喊着军号
最后汇入了鸭绿江

6

马克西姆重机枪，他勾出了印痕
像把玩的烟斗磨出了包浆
马克西姆重机枪
就像战士的烟斗
他们常常在孤独的岁月
发作烟瘾
但我找遍了军博的所有物件
唯独没有父亲的这挺
师级以下的武器在大炼钢铁那年
被铸成了铁轨，有一段铺到了鸭绿江边
另一段铸成了大跃进耕地的犁铧
在祖国超英赶美的大跃进中

充当时代先锋的作用
钢铁常思
作为马克西姆重机枪，突突的岁月
钢铁常想
作为马克西姆重机枪，嗒嗒的岁月
钢铁老骥伏枥
钢铁廉颇能饭

7

马克西姆重机枪，把他的食指磨出了老茧
同时老茧也磨亮了扳机
扳机扣响了一个时代的主旋
扳机让侵略止步
祖国得以在老茧上新生
老茧抚平了创痛
老茧赢得了和平
老茧开创了自强
一个老茧的革命史
就是祖国的革命史
也是我们整个家族的自豪史
自唐史以来，谱书记载的郭史
再没有一个男丁碰过重武器的部件
父亲高山仰止
其祖郭子仪九泉含笑
方天画戟 PK 马克西姆
彼时，老茧堪比兰博坚尼、法拉利
LV 是个屁，爱马仕是狗屎

8

那年我顶着军人的后裔、地主的孙子、右派的儿子
三顶帽子

三顶黑色的帽子
三顶有遮阳的帽子
三顶感觉沉重不觉温暖的帽子
三顶显然超过了我头颅尺寸的帽子
在外祖父漏雨的瓦房降生
房顶的狭缝拉出诡异的闪电
木鞘别紧的朽门被夜风拍得山响
朝北的线路上，咱家忠实的老狼狗
撵着一只闯入村里的狐狸而去
没有电闪雷鸣，大雨瓢泼
只有星星眨着无聊的眼睛
柳树摇曳着婆娑的树影
邻居张寡妇又在全村传出了绯闻
李瘸腿冒充庸医终于医死了人
而和平正在幸运地降临祖国、大地

9

“同志坚持住”
我被一个同志的词汇包裹
儿子的芽没冒尖，就被革命的热情覆盖
温暖、战栗
据说，我出生后打了三个月的摆子
就像父亲的战争
一次比一次猛烈
有效的啼哭被省略
无效的沉默被夸大
我拼命止声
上颚的鹅口疮像倒写的韩文
下颚的鹅口疮则像端庄的汉隶
那是父亲在元山留下的足迹
一脚踩出了我的今生
我含着一个咒语来到世上

据俺村资深的算命先生破解
20 年后祖国如有战事
此子必披甲从戎
而 20 年后祖国开创了前所未有的改革开放
祖国，又一次被和平的祥光笼罩

10

16 军 47 师 140 团三营机炮连
16471403
我努力使这个数字，让它与我产生关联
19711114，我像陈景润演算哥得巴赫猜想
试图让我的生日连号
与父亲部队番号建立某种突破性的联系
这种没有结果的演算
耽搁了我与邻居小胖，他演白狗子
我演李向阳的一出剧
我演算的稿纸
堆积成了小山
在一千零一夜的奋战中熬坏了眼睛
在一万个为什么的纠缠中搞乱了心绪
我从此变得没学问，认死理
就此我认定
16471403 与少年的近视眼有宿命的因缘
从此，我带上眼镜注视我的祖国
祖国抵达我的瞳孔需要穿过镜片

11

16471403 终于，转换为第一生产力
我淘宝
支付宝、余额宝、微博、博客、微信、QQ
甚至

银行卡的密码
16 军占领的阵地还不止这些
如今三八线形同虚设
我第一个挂了三天被盗的 BB 机用的也是这个号码
在盗贼的领地长驱直入
16471403
成了新时代最可爱的数字
如果可以
我要给 16471403 戴大红花
如果可以
我要让 16471403 上年度数字
如果可以
我要让 16471403 上全球福布斯
如果可以
我要让 16471403 占据美国《时代》周刊封面
如果可以
我要投票 16471403
感动中国
如果都不可以
是不是考虑通过邓文迪走走关系
直呈默克多
新闻集团报纸那么多
我就是不相信

一个不齿土豪金的年代
随后，悄然闭幕

12

1979 年自卫反击战
大哥忙着泡区委书记的二妞
老子英雄儿混蛋
1996 年台海危机

我握着笔杆发愣，大三补考三门
老子英雄儿混蛋
2002 年台海再次危机
李登辉说咱放的是空蛋
东风导弹的尾烟还冒着屈辱的烟
我，深圳，岗厦食街胡吃海喝
老子英雄儿混蛋
直至后来的菲律宾惦上黄岩岛
小日本插手钓鱼岛
俺们都嚼着避孕药养出的伪海鲜，玩着干瞪眼
开着黑煤井，数着黑心钞
坐着老鼠仓，赚着迷心钱
老子英雄儿混蛋
781 再减去 679. 1
阵地的高差
我们沦陷在时代的落差里

13

去年儿子降生
我开始慎重思索
混蛋的儿子变好汉
好汉的肩膀铁如山
就像辽宁舰上歼十翼挂弹
我对儿子说
咱不唱“大灰狼，喜羊羊”
唱爷爷唱过的“雄赳赳，气昂昂”
祖国总是在群体里发作
螺旋形的基因图谱
正在与时俱进地复制给
祖国的下一代
祖国是一副担子
左肩是一座长城

右肩是一条长江
父亲说抬累了，但你们不准偷懒
匹夫量力而为
但担子上的两桶水不能空
一桶鲜血，一桶泪水
老父之嘱，从此
祖国在我的肩膀上颤颤悠悠

14

上甘岭老兵的思维深深地影响着我们的命运
但我不是红二代
地主的家世阻止了父亲在革命队伍继续工作
据考，他党外的最后职务，连队团支部书记
班长，机枪手
入朝 286866 分钟
打完 16652 发子弹
3000 发钻过了敌人的裤管
3000 发火拼了岩石的坚硬
3000 发削平了树梢的枝叶
一发射中美国大兵的睾丸
那颗流弹带去一个精子，接着
贯穿了一名排卵期的美国护士
侵略者思乡的心情油然而生
子弹毫不留恋在枪管的岁月
对呼啸而过的仇恨有着本能的嗜血
留在枪膛里最后一发子弹
那是因为停战协议的签名早一秒钟完成
克拉克的派克鼻尖冒出汗水
李承晚的雄心因名日落黄昏
子弹对下岗心有不甘
子弹鸟尽弓藏
兔子退回觅食的窝边

祖国收回了一记漂亮的勾拳
从此太极游走世界的外交舞台

15

1954 年一场大火
父亲作为军人的证据付之一炬
一枚“中国人民志愿军赴朝慰问团”纪念章
躲过一劫
从“文化大革命”到改革开放
从三年困难时期到一打三反
从以阶级斗争为纲到以经济建设为中心
从第一个五年规划到现在的十二五规划
从社会主义的初级阶段到改革开放
从大哥的帆布书包再到我的帆布书包
走过了曲折的逃难历程
和平鸽硬朗中透出矫健
铜鸽子在祖国的天空翱翔
令所有的肉鸽子刮目相看
父亲从故事里
与我们渐行渐近

16

父亲把热爱祖国的基因毫不保留地
遗传给了我
那些螺旋形的图谱穿梭出一个亘古的版图
秦皇汉武，唐宋明清
祖国在我们每一个人的基因图谱里
印下烙印
祖国像一条线性的铁链穿过我们的锁骨
我们像黄河上千年的纤夫
喊着洪亮的号子

拉着满载古老文明的渡船，祖国
渡过无数的险滩
血脉在铁性的通道铺成
一头连着长江
一头攀上长城
祖国与我们浑然天成
祖国与我们血肉连衣
祖国最后成了你我
你我成了祖国

17

金达莱谢了时
母亲走进了父亲的生活
人海战术的思想
令他成建制地生育儿女
深挖洞、广积粮、多生儿
四万万数字跃升的后面
有父亲耕作的汗水
马寅初忧虑的背后
站着我们兄弟姐妹的背影
祖国不堪重负
吃饭的嘴巴挤满了祖国的厨房
祖国要粮不要纲
我们家六姊妹
刚好是父亲入朝时带过的一个班的人数
他把班里的士兵带回了祖国
没有一个缺胳膊少腿
他也常常克隆首长的语气
这样对母亲说
扛过马克西姆重机枪的胳膊
穿过凯旋门
越过三八线的大腿

穿过凯旋门
胳膊不存在一定要扭过大腿
当祖国面临侵略
胳膊扛着枪，大腿穿越岗
祖国的分量不用讲

历史与现实意旨的殊途同归

——郭性汶诗歌论析

◎黄昌成　赵卫峰

黄昌成：郭性汶生于贵州。贵州和贵州诗坛不用我多说，你是非常熟悉的。并不是说诗人的籍贯与其写作有什么必然的联系，此前我在为乌江中下游诗群写的一个长评就否定了这个观点。事实上，郭性汶的诗歌有“历史”，有的还写历史，比如《上甘岭老兵》，扎实、详尽而充满爱国情怀。

既然诗人注重历史，我们就以其人之道对待其身，不妨从他的历史谈起，这或许会实现对他的人和诗歌的双重了解，至少也能了解一个侧面。

赵卫峰：郭性汶的身世颇具贵州性。他是汉族移民后裔，但又栖于多个民族混合的乌蒙喀斯特山区。喀斯特地貌似乎常美好地出现在风景摄影里，事实不然。我很认同自然地理对人类心理的影响作用。在郭性汶的心理及其诗歌表现上也若隐若现，即低抑沉着又不屈，顽固如石；静默自在又不安，起伏如风。

我想，你提及的他的“历史感”，也是这种在现时环境里的习惯使然。当然，它也可谓是诗人的时间观及其现时审视的结果。

黄昌成：我注意到，梁平曾给郭性汶从前的诗集写过序。你也曾为郭性汶的诗歌写过评论，很到位，一些观点如“以现实为底盘却不甘于现实的控制，这体现出郭性汶的独立与自我改造意识”，又如“性汶的表达，兼有传统话语方式和口语化叙事方面，在知识气息和传统文化背景里，不时透露出当代通俗意味，文化感与市民化互有交叠，二者有时混合如揉拌的鸡蛋，蛋清与蛋黄已关系密切”等。现在看郭性汶的诗歌，这些情况依然存在。

赵卫峰：这个应该属创作上一个习惯与传承的问题了，这两方面所包括的是一种观念的形成和巩固。确如你所说，这些情况郭性汶现在的诗也还是存在的。“独立与自我改造意识”对于一个一直在写的诗人而言，是他必须要坚持的，也像发条一样上在了他的创作认识中，而自我改造意识，更是诗人所看重的。我想郭性汶的意图是希望我们更多关注他新近写的诗歌，从中聆听、寻求与之前作品的不同之处，这会是一个改造的透光小孔，“这种对不确定”的追寻，事实上是优秀诗人的定位——对自我的未完成自觉；不应该让观念停滞，相反，在获知作品的局限以后打破局限和创造更多广阔的创作空间。

黄昌成：对于诗歌写作的评审，我习惯的做法是回到作品本身，我一直认为这是对诗人的尊重和相对准确的评说。具体到郭性汶的诗歌，我觉得这条解读的途径更适合。

他的诗歌有他的“算盘”和我们需要的答案。刚才我曾提到其诗歌有“历史”，现在我们细化及深化一下这个话题。细化就是，这个“历史”在郭诗的表现上大致有两种，历史意识和自己抒写历史。其中前者在诗集中随时可见，就像历史是一件写作物品或写作技巧那样随时可用。这种方式和别的诗人还是很有区别的。

赵卫峰：把历史意识当作写作技巧这个提法很有意思，其实也是可行的，和时下一些诗人把古文古诗词意象运用到现当代诗当中，可谓异曲同工，可以说是一种古典或古意新用吧。所以我想如果把历史意识改成历史意象，这种提法用在诗歌上或许更恰当。

当历史成为意象，诗歌诗句的意味便有了一种不止时间“长度”的连贯性，其形成的诗意及张力在释放上和理解上都能产生一种跨度，当中也包括某种突破时空意义的诘问，一种古今状况、当下态势的对比等的思索。这类型的诗歌有《剑客》《鱼尾纹》《庖丁解牛》《狱》等。又如《我在弹指间干了些什么》这几句：“宋时的米酒，远离转基因/唐时的子民，称祖国吗/西汗的霍去病可去了钓鱼岛/刘家有彻儿，威震远方/史有一国，万邦来朝/天啊/我在弹指间都干了些什么。”所以看似随意的弹指间，“弹出的”是一种比较和诗人对现实的思虑。

黄昌成：嗯，我同意你历史意象的说法，或许还能完善一下，在熟悉历史的基础上，把历史意象演变成一种隐喻，也可以演变成一种象征，甚至可活用成一种修辞，一种诗意的变量。比如“莫须有”一词，一个历史事件在郭性汶的手中就幻化成一个隐喻和借代，但它又可以是一首诗，也即包裹了诗意。概而言之，历史意象已让郭性汶把玩成一种意义和多维度的指代。

现在，我们回到郭诗写历史这个诗歌特色上去。这方面的诗歌在集子中所占的比例还真不少，如我开始时提到的长诗《上甘岭老兵》，还有《戏说貂蝉》《照明的过去》等。我想你谈谈读这方面诗歌的感受。

赵卫峰：客观而言，除了《上甘岭老兵》这首诗在叙述上具有一定的纪实性，是较为典型的当代叙事诗外，郭性汶其他写历史的叙事诗，都不属于我们平常所见到和所理解的那种波澜壮阔的宏大叙事式的史诗。所以把郭性汶自己写历史的诗歌定义为郭性史诗或许能更好地理解。事实上，他的史诗也很有自己的特点，其利用自己独特的记录方式，常常运用一种含蓄的诗性语言，并附带着自我的看法做历史的披露和解说。《戏说貂蝉》第二节就是这样的：“青花锋利的断口剖开了黄昏/历史呈线性死亡/我们在翻白的往事中窥见秘史。”但郭性汶却又根本不想这样老实地叙述下去，于是他的史诗和诗句在展开的过程中往往还出现反讽、讽喻、突兀等色彩。其实是对历史重新的解读，这使郭性汶的史诗萌生一种幽默色彩或黑色幽默，这个事实反而让诗歌呈现出一种异类的活力，从中也增加了诗歌的另类感及个性烙印。

或许历史和史诗都是抒写者的一个角度的问题吧。比如他对貂蝉的重新裁定：“貂蝉可是一名除暴安良的爱国女子。”这样一调侃让人忍俊不禁，倒有点翻案的意味了，而戏说历史就如穿越影视一样立马就产生了一种现实的节奏感。

黄昌成：一直以来，我对抒写现实的诗歌都会给予相应的好评。这是因为现实诗歌的难度。现实本身，某种程度来看是非诗意的，所以从现实中打造诗意，就如同从干涸的土地上索取水源一样。还有就是，现实的呈现，直观的，间接的，只要把现实的面目还原或放大，就立马可以变为立体而具象的场景，现实于是也就有了实录的意图，而这些似乎又与诗歌的优美度相去甚远，所以把现实诗意化真的不简单。

郭性汶的诗歌，有着非常强大的现实元素。这些诗歌就像一座断崖一样横亘在你的面前，我们先从与他个人现实相关的诗作谈起。

赵卫峰：我在开始时就谈到了郭性汶的经历。他是学工科的，从大学出来，当过公务员，也在野外采过矿，开过公司，岭南下海，他一般的自我介绍是商人。这些丰富的经历对他诗歌的现实性风格形成尤为重要，重要到现实已像理念一样进入到他的诗歌，以至很多事情上他都会自然而然地把它们转化成诗句，让现实成为一种意象——《江湖》：“我习惯把生活叫江湖/或把社会叫江湖。”优秀的诗人对于现实的关注是一种写作的责任。郭性汶关于个人现实的诗作，很多主题都会直接面向个人困境、遭遇以及人类最关注的生死问题，个人在这时候演变成现实的一个支点，并由此撑起现实的高度。

郭性汶令人动容的不是渲染悲观的情绪，而是像他玩历史意象一样对现实来点调侃，来点玩味，最后个人感悟呈现在日常与生活层面之中。比如《确诊糖尿病》一诗在这方面就非常突出。诗人在确诊糖尿病以后，“我关心的不是下一步怎么治/而是好奇地到百度上搜/糖尿病的七七四十九种死法/最后得出并不崩溃的结论/生活的苦难并不可怕/可怕的是生活的并发症”。又如《张罗》一诗的这两句：“死亡不是可以玩味的/我们常常被死亡玩死，我深知。”

黄昌成：作品确实会告诉读者它的作者的蛛丝马迹，有时作品所表现的，甚至比目睹一个人或其影像更清晰。从你所列举的诗句，我的大脑已勾勒和闪现出诗人的形象，尽管我与诗人并不认识。

我还注意到，郭性汶对现实的关注，除了个人，还有非个人的，换言之，即是对自己以外的整个现实生活的所见、所感和关注。

赵卫峰：当代诗陷入传统抒情及其套路其实是保守的表现，它会规避现时发生，临空蹈虚，为此我一直赞赏郭性汶的倾向与勇气，即便这是一个通常吃力不讨好的倾向。应该说，对整个现实关注的诗作，在《荒径》这个集子中，相当普遍。其实，此前郭性汶抒写历史，其最终的诗歌意旨很多时候也是回到现实和对现实的关注中，这里，现实成了诗人的风花雪月，但这种“浪漫的美景”却又是沉重乃至沉痛的。

诚然，社会发展的同时，也滋生了各种各样的现实问题，这些事情不少会触动诗人敏感的心灵，于是《失足女》《萧条》里的货币贬值，还有摸一把《生活的屁股》等现象和感慨就这样顺理成章地出现在郭性汶的诗歌中。这些事情，既有诗人的捕捉，又有诗人的随意和偶遇，带着诗人的洞察、平静、淡然、困惑、不安等各种心态，当诗人展露它的同时，也是在做一种写作的存档，体现了诗人对人性和时事的关注，对弱势群体的同情和关怀。不能说诗人发现问题就能解决所有问题，但至少是诗人对时代的敏感、态度和良知。从另一个角度，郭性汶也在提供一种现实性诗歌的范本。

黄昌成：我想应该来个结语了，郭性汶的诗歌，不论是切入历史、以历史作铺垫和呈现，还是现实地直接或间接地触碰与描述，其最终的指向或隐约的指向都是现实，现实才是他诗歌的理想终点。整个过程，他切实参与和实践了写作现实性诗歌有效方式的探求，并且让诗意散发出某种难以言喻的唯美和独特的气味。

赵卫峰：一句话，就是历史与现实意旨的殊途同归。还想补充一下，上面我曾提到过“理念”一词，结合我们一直谈的郭性汶诗歌的个性和独特，理性也是他诗歌的又一特征，富含哲思，诗句有些诗性小议论，因而他的诗歌蕴含着思想的力量。当然，这种写法也使他的某些诗歌会给人一种硬朗的感觉，但如果对应他那坚定的现实性诗歌信念，似乎这又是相当合理的。

黄昌成：显然，他的写作存在的缺点仍然是明显的。但这似乎可以不用担心，一个诗人只要在路上，还在路上，技艺方面会逐步完善。以后，条件充分的时候我们可以再对郭性汶写作的其他方面细谈。

（黄昌成，诗人，学者，诗评家；赵卫峰，诗人，诗评家）

·附录二·

到达彼岸的路途

——郭性汶访谈

◎郭性汶　郑瞳

郑瞳：性汶你好。首先，能否请你介绍一下你的成长经历。我们知道成长不仅关乎身体，而且关乎心灵，你的成长对你的写作有着怎么样的影响？你是如何一步步接近诗歌，并让诗歌成为了你的生活方式的？

郭性汶：说起成长，很乏味，总感觉睁开眼睛，就长成现在这样子了。说得精确一点，我似乎从来没有发育过。突出的喉结只能说明是青春的缺陷，早恋像猎人张网以待的陷阱。乡村很远，记忆很近，一个并不完美的起伏罢了。在祖国肥沃的土壤里，难以成长的小苗多不胜数，在生活中不夭折也算万幸。青春于我来说是什么？我一直百思不解。我一直在努力回忆过程，诸如小河、溪流、垂柳、扎着小辫的伊人，可惜，江南古镇离我的记忆太远，现实中一直够不着。

在阅读习惯上，我不太喜欢一些冗长的东西，因此，简短而有节奏感的诗歌就顺理成章地进入了阅读视野。最初接触诗歌很兴奋，这种兴奋跟青春期的萌动类似。觉得那些文字美得很具象，很妖艳，值得人为之“堕落”。特别是唐诗宋词里的那些勾绘，完完全全就是一个个鲜活的古代女子，而这种邂逅却是一种语言代码，在这种文字编织的风花雪月中你不用担心受到任何伤害。诗歌就是这样一种描绘场景的诱因，在俗世的生活中为你圈出一方梦幻的舞台，这种梦幻似的生活没有人能有毅力抵制。有了参与场景的经验，自然而然就有了创作的冲动。

郑瞳：在进入大学的时候，你选择了地质学。毫无疑问，相对于文学，地质学显得枯燥严谨，是什么让热爱文字的诗人做出了这样的选择？地质学给了你怎样的乐趣？它最终是否成为你内心的一种资源？当然，这并不仅仅是指写作资源。

郭性汶：人类社会对地球的认识尚不足以公里论之。从火山与火山灰里，我们生出了对自然的敬畏。很好，地质学成为我必须选择而又不得不选择的知识。

陷阱总是给有准备的人预备的。从开始的枯燥，就一直是抵触。但对于接触的新知来说，我们似乎没有太多选择，顽强地接受枯燥就成为了必然的结果。地质学的逻辑推理关系为日后的生活奠定了坚实的基础。所以它成为我日后内心的一种源泉。

可以这样说，学地质是幸福的——从很多学地质的师长长寿经历至少可以这样判断。地质学不只是一门长寿的学问，更是一门快乐的学问。人类在任何一个地质元年中都微不足道，这个是地质学最致命的诱惑。

我们接触的人和物，刹那间都会成为化石。这是地质与诗歌碰撞出的骇人火花，浪漫主义的诗歌和理性逻辑的地质学，这里面有很多智慧的宝藏可供开采。

岩石矿藏与时空形成三维的对等演绎，这是我对地质学的理解。而诗歌是人类建构心灵的语言桥梁，如果世界是唯心的，那么地质必然是诗歌搭建的又一个舞台，或者说地质是诗歌的另一个富矿区。诗人总是从经验出发，现代诗歌鲜有学地质的人介入，这并不代表不会有惊艳的语言被发掘，相反，那些璀璨的传世珠宝都是来自于地质的沉淀。难道这不能成为诗人转移创作视角最强有力的理由吗？现在我们至少可以这样说：地质知识的贫乏，对于一个欲求建树的诗人来说或许是一种局限。

郑瞳：大学是一个滋生诗歌的地方，我们知道，很多高校都曾产生过自己的诗人群体，其中不乏非常著名的诗人群体，甚至可以说大大推动了中国诗歌的发展。但是，或许是出于某种偏见，当你置身于一所理工类院校的时候，是否会感到格格不入？我指的是，生活方面的适应没有问题，但在内心的需求方面，会不会总是有些欠缺，从而感到孤独？比如，在那里，诗歌会不会成为人们的话题？有没有可以谈论诗歌，谈论文学的同伴？

郭性汶：我们那个年代常谈论诗歌，因为除了诗歌没有什么可以谈。如果再有，就是女人，不过这种话题有点心照不宣。所以，那个年代出了很多偏执的诗人，但很可惜，一些相当有才华的诗人选择了轻生。因为他们认为那是一个贱看英雄的时代，诗人、英雄既然划了等号，其结局就应该是悲壮的。这是中国知识分子的宿命，悲情得很，难以壮烈地生，似乎就应壮烈地死。多年以后，循着逝者的蛛丝马迹，我试图去做一些结论，可枉费心机。多数人死得不明不白，可我们还得勉强继续自己的生活。这是最痛心的法则。

所以，我认为校园并不是个好地方。校园适合恋爱，而不是过早地开发出诗歌这种文学形式。

郑瞳：从你的专业，到你的职业，你进入商海，成为了一位企业家，我的感觉是，你似乎总是不按常理出牌。在许多人看来，企业家与诗人这两重身份是很难兼容的，在他们眼中，企业家代表着现实、精明、干练、善于交际，代表着对生活更多地介入；而诗人则代表着浪漫、梦想、内向、多愁善感，代表着对内心更多的坚守。我想，对于你来说，这或许还不仅是两重身份，而且是两重生命。你是如何把两者融合起来的？正如你微博的简介所言“左手挖矿，右手写诗”，两重身份真的能够整合得如同左右手般和谐吗？还是它们之间也会产生冲突？

郭性汶：心脏塔桥手术或许是外科手术中最好的兼容案例。说起兼容，我们在俗世要兼容的事情可就多了去了。兼容意味着要剔除身体正常的排异反应，在二维的法则下自然发酵。我中有你，你中有我。

企业家里面可不可以出诗人，出几流的诗人？诗人能不能胜任一个企业家？能不能跻身福布斯？这已不仅是一种话题，而且反映了一种社会的病态。

中国的知识分子很悲情，因为他们常常面临面包重要还是面子重要的话题。在这两重身份的重压下，自我选择成为一种难以破题的困局。梦想很丰满，现实却很骨感。

至于左手和右手的协调，这是我当下思索的问题之一。很不幸，左手的骨质增生常常困扰我，这是一种无药可治的病，随着不可抗拒的衰老，我愈来愈感觉自己像一台即将报废的机动车，在无可奈何中等待生命的大限，又如何能有效顾及左手和右手的协调呢？

郑瞳：作为一位成功的企业家，很容易得到大众的艳羡。但作为一位诗人，你更在意的其实是精神生活。从你的诗歌中，我感到，你一直在试图与自己的内心对话，一直在自觉地直面生活、直面内心。是什么让你在世俗的潮水中，保持着这样的清醒和痛感？

郭性汶：我没有痛感，抑或是痛感很轻，轻得可以不经意地忽略。

不为这世俗的身体所感知，相反，我常常有发自内心陌生的快感。说陌生，当然不是生理的所谓快感，也或许是一种幸福指数上升后的体验。

成功与不成功，那只是世间给你的一个标签，但这个标签有别于A货、B货。

别人的艳羡能打通自信的通道，于自我却是一种灾难性的膨胀。同精神生活似乎关联不大，与自己对话似乎一直在努力着，但那个本属人性自私的小我一直很顽固，我们在作毫无意义的拉锯战。中国知识分子一直向往一种生活：世人皆醉我独醒。当然，清醒没什么不好，但更多时候，我想醉，醉得忘记当下、模糊未来，过去就给这样稀里糊涂忽略过去了。

郑瞳：我注意到，你对玉石很有研究。在中国传统文化中，对玉的评价一向都很高。所谓“温润如玉”，传达的是谦仲、淡泊的观念。这与你的人生态度是否一致？你认为诗人与社会之间应该保持一种怎样的关系？或者说，诗人应该以一种什么样的方式栖身于社会之中？

郭性汶：玉因为温润，所以柔软，那是岁月包浆的结果。这种石头很有意思，当中国的国画意境搬上这种石头后，它立马变成了一道亮丽的文化风景。像四大发明一样，玉文化成为我们这个民族最值得炫耀的东西，可惜很多人激动不起来。在年轻人谈论的话题里，还是一些下三滥的东西。君子有三德、三畏、三乐、三思、三变、三省，说的都是跟玉有关的事。玉被拟人化而与君子关联在一起。

与玉结缘，纯粹偶然。家姐知道我酷爱奇石，所以每到一地，必认真留意。大四上珠宝课时，知道凡宝石级石头，必有贝壳状断口，由此邂逅梅花玉。而数年前被母亲当作废石扔掉的一大袋南红，成为了我与南红结缘的最初机缘。人类与红的渊源似乎是宿命的，要不就不叫“红尘”了。我与南红的渊源似乎也是宿命的，否则，这个时候老鼠都睡了，我还在端详着它。

玉石因为品行温润，在光线照射下通体没有阴暗的死角。所以，它很高贵，高贵得只能让人仰止。在我所理解的万物里面，无有与玉争锋者。玉是拟人化的，它是万物灵性的化身。从地质学的角度来说，若干年后，你我都会不可抗拒地成为化石，那种被钙化的化石很丑。但是玉则不同，若干年后，它依然通体透明，灵性十足。透过这个层面去理解诗歌，就会有惊人的发现，诗歌也是一种灵性的表述，它虽然是文字的形式，但它与玉的联动我认为是在一个切合度比较高的频率上。两种物象毫无疑问都可直抵心灵，在到达彼岸的路途上，两种物象皆可作为可以利用的工具，关键是你怎么去参悟它们。

郑瞳：你认为一首怎么样的诗歌才算得上是好诗？对你而言，好诗有没有具体的标准？你如何评价自己的诗作？

郭性汶：好诗的标准很多，你认为它是好诗，就一定可读。好诗没有固定的形式，但好诗一定要有味，一种鼻息可嗅及的味道。所以，好诗一定是丰满而性感的，性感得让你为之蠢蠢欲动。因此，好诗可以达到与读者情感层面的共鸣，就是这个道理。读不懂或曰晦涩，读者会不会把它划归好诗行列就不可得知了。但考虑创作者构思的艰辛，我基本上把读不懂的诗歌划归为先锋诗歌。对，让它们先锋一会儿吧，我姑且读我的当下。这种宽泛的框定避免了文化匮乏的尴尬。

至于我的诗作是不是好诗，我想这个答案还是留给读者吧。

郑瞳：“性汶”，这是一个具有禅意的名字，在访谈的最后，你是否介意和大家谈一下这个名字？

郭性汶：我没有想到这个名字还会成为一个符号，在很多人忘记曾经的郭辉的时候。如果改名能逃掉所有债务，我相信很多人会去做这个尝试与努力。

有时，我会很有意思地想：性汶会不会是我留在尘世的最后一张皮，像秋蝉蜕下的皮，抑或是蒙蔽猎人的伪装？后性汶时代怎么写？还继续沿用此名吗？

不过，可以肯定的是，“性汶”至少现在没有给我带来任何麻烦。

继续用着，应该是不二选择。

心灵的存在之思

——郭性汶诗歌简论

◎张思源

进入 20 世纪 90 年代以后，随着一个时代的逝去，社会生活、文化生态以及人们的精神内部都在无声地发生着变化。诗人们隐隐意识到过去的过于强调精神的诗歌其实以反向的方式隐含着一种社会对抗意识，过多地卷入了社会意识和社会生活的漩涡，由此，诗人们认为这种写作偏离了诗歌自身。这种说法对于寻找诗歌自身的特质及明确其在社会整体中的位置自有其合理性，对推动诗歌重新寻找自己的美学内涵、内容构成及表达方式也起到了重要作用。正是在这样的背景下，在较长一段时间里，诗人和批评家有意无意地强化了诗歌的纯粹性和独立性。相应地，文学史上那些专注于诗歌技艺且超离于具体生活情景的诗人及作品获得人们的欣赏。我也曾着迷于诗歌中那种抵达永恒的光芒。但时间本身虽然坚韧却又易碎，何来永恒？我们只能从生活的碎片中截取那些闪光的时刻，汇集为抚慰人心的蜂蜜或洞开大脑的锋芒。所有的思考——特别是文学所呈现的思考——都应该来自于具体的生活，生活推动的思考总是更有利我们去理解问题产生的基础和原因，同时也给我们提供了更为鲜活的细节和现实感，情感上的痛苦和思想上的困惑及其引发的玄思也就更有一种现实性，其表达也更具有现实的意义和价值。从这个角度来看，郭性汶的诗歌正是在琐碎、庸常甚至俗气的日常生活中通过思考，凝聚了那些闪光的片断，并进一步指向了诗人对心灵的思考，寻求着心灵超越的可能。

苏格拉底曾说，一种未经过思考的生活是不值得过的。这不仅强调了“思”的意义，而且凸显了生活的问题性。生活永远充满矛盾、困惑、裂缝，它需要人们去张望、反省，提出质疑，通过思考寻找意义，由此才有心灵飞翔的可能。而在这些方面，敏感的诗人往往成为了先行者。在《墙》这首诗中，郭性汶发现了墙的意义的多面性："我不相信隔墙有耳/但欲望常常翻墙而入，世界拿他一点办法也没有/墙在身外不可惧，墙在人心难细分/小家有墙隔，大家无墙挡/墙是家的元素/有时隔断却变温暖，有时拆除反倒寒冷了。"墙是我们生活中的常见之物，所以也被人们习惯性地忽视，不会关注更不会去思考其存在的复杂性。在诗的起始，诗人即突兀地提出一个疑问："为什么要存在？"随着问题的提出，诗歌自然延展，逐渐呈现出墙的内涵的多元性。墙作为现实之物，它是一种区隔，也是一种保护，有距离也有沟通，有实体的一面，也有心灵的一面。它在保护我们的同时，又阻断了我们与更广大的世界的联系，我们渴望打破心灵之间的壁垒，但又希望能够保存内心的秘密。在有限的语言中，诗人充分呈现心与物、个体与群体、心与心之间的复杂纠葛。很多人把哲学的目标定为终极意义的呈现，而实际上，哲学仅仅是提供一个"思"的入口。这让人意识到，生活本身就是最宽广、最本质的哲学。这种哲学更能体现它的内在属性：思是哲学存在的方式，也是它自身的目的。

当然，对生活的思考并不都指向抽象的思辨，郭性汶的诗也指向对社会问题的关注，并在这种关注中体现出一种广义的慈悲情怀。这是另一种对存在的思考。比如说《理发师》所呈现的："一个理发店的头发，就是一个街区的人口普查/超生的人肯定会在这里现形，包括罪犯/也会在这张椅子上/比他们的头颅提前几天清算/但是乞丐的头发常常成漏网之鱼/他们很幸运，他们的头发也很幸运/最重要的是，他们即使是超生的人/也会因为不剪头发被计生委的人给忽略。"诗歌语言轻松诙谐中显出微妙的反讽，透过理发师的眼睛，诗人洞察了社会的秘密，也灼痛我们的心灵。头发是微小之物，正如众生的渺小，但问题的存在不以事物的大小作为讨论价值的标准。乞丐作为一种社会存在，既非始于今日也不会终于今日，但对多数人而言，除了一个鄙视和厌恶的眼神，还会有什么？在这个人人以成功作为衡量标准的时代，有多少人敏锐地关注到生活的失败者？

《赌鬼》一诗同样是对非主流的小人物的关注。在赌徒的眼中，“世界全是周末，所有的石头都是牌机”，生活状态则是“他的事业不在工厂，不在医院，也不在学校/而在一间晨昏颠倒的狭小屋子里面/他输掉过所有的积蓄，所有的可以典当的东西”。赌徒也有自己的人生观念：“人生就是来试试手气，他常常这样说。”对这样边缘的小人物，作者同样没有去鄙夷。在生动地呈现了赌徒的生活状态和心理状态后，诗人满怀悲悯地对其人生作了总结：“他摸过麻将，摸过女人，摸过孩子的额头/就是，没有摸过自己的灵魂。”对诗人而言，这种关注既不是表达尖锐的社会批判，又不是抢占道德制高点的伦理姿态，而是悲悯、柔软心灵的自然外化。

除了广泛关注社会日常生活，从中提炼诗性内涵，诗人更把眼光投向内在的心灵世界。现代生活的复杂斑驳，不仅体现在外在生活现象的光怪陆离和生活流动产生的碎片化，而且更在于心灵的封闭、破碎，沟通的错位、断裂。从表面上看，现代人由于工作、生活的急剧变化，人与人之间接触交往的频率远甚过去，生活场景就像一场流动的盛宴，每个人似乎都与整个世界联结在一起，没有人能孤立地存在于世上。但实际上正是由于交往的频繁和广延，人与人之间的关系变得更加脆弱，外在喧嚣的社交活动加速反而使个体的心灵孤岛化。一句话，现代社会高频率的社会交往如同无形的绳索和墙壁，使人的存在形成了自我围困。所以英国著名的社会学家齐格蒙特·鲍曼把现代社会形象地描述为“被围困的社会”。这不仅可以用来描述社会结构特征，而且同样可以描述心灵的存在状态。正是意识到现代人的这一困境，郭性汶在诗中反复书写了心灵上的焦虑、孤绝和重新敞开的可能性。他在《知己》中写道：“傍晚的夕阳被灌醉了/孤鹜还追赶着落霞的影子/觥筹交错，水晶杯碰响了各自的痛楚。”人总是害怕孤独，所以渴望交流，“孤鹜还追赶着落霞的影子”，但流动社会的不安全感使每个人内心充满戒备，注定不能实现真正的交流，所以只能是“觥筹交错，水晶杯碰响了各自的痛楚”。所有的交流都是有限的，最终往往是各自退回了封闭的内心：“我们围着圆桌倾诉/但是不是讨论全球气候变暖，而是心逐渐冷却的过程/烛光的火苗跳动着，仿佛要猜透每个人的心事/然而烛光太天真，人心岂是你随意可揣度。”诗歌准确地呈现了现代人基本的心灵状态，而诗题与内容之间的相互映照，更为其增添了复杂的意味。而在他的另一首诗《孤独》中，人不仅寂然地面对一个广远浩邈的世界，而且雪地的反光甚至消融了原本始终相伴的影子，孤独感如同苍茫尘世中独立的人那样清晰而突兀。

但值得我们注意的是，即使是这些单独关注人的内在心灵世界的作品，也并不表现出常见的顾影自怜的柔弱和哀伤，我想这得力于他精神世界的另一个重要的构成部分：佛教。大千世界的一切——从外部世界到内心世界，都是他观、想的对象。观与想，是他面对世界的方式。这并不是说他是一个置身事外不动感情的旁观者，世界上的一切经过心灵熔炉的冶炼后，呈现为一种圆融的自在和诗性的光辉。圆融不是不染尘埃的超脱，更不是高诵佛号的空洞和虚无，这使他的情感表达不那么尖锐和极端，而在物象和事象的呈现上体现为静态之美。

郭性汶诗歌中感情的节制不等于他已忘情于这个喧嚣的尘世，实际上，从他诗歌写作的内容来看正好相反，他把尘世中的万千幻影都置于眼前，从中去寻找生命的确证。生命在面对这个世界时，没有谁能指认一个确切的终点。生命作为一个过程，只有经过了才知道那些丰富的皱褶。正像他自己的诗句：“我虽然了悟，但无法穿越。”生命要超越至解脱之境是困难的，所以他在面对未来时依然有着迟疑和茫然，了悟的人更清楚现实的牢笼性质和人自身的缺陷。他在《整装待发》中写道：“路展向了一个未知，往往最后是雾，来形成直观形象的地方/近处是一个面，远处是一个点，尽管那个点/我知道一定会呈现一个豁然开朗的天地，但是/更多时候，我们宁愿虚度在自己为自己编织的那个桎梏。”但是另一方面，虽然困惑，诗人仍然表达了一种积极的生活态度或者说价值观，主动告别过去，拾级而上，跃跃欲试地去体验“比死亡更高的一个高度”。诗人始终是一个活在现实世界中的人，而不是超脱于有情世界的虚妄之士。即使通脱如弘一法师，离世之际对自己一生的总结还是“悲欣交集”，而不是脱离于现实的虚无之词。人生是一个有难度的过程，唯有如此，才更能见证生命的价值。

郭性汶是一位居士（他的笔名其实是他的法名），同时也是一位诗人，也就是说，他是一个高度关注精神世界的人。但他在进行诗歌书写时，内容、语汇及思考的延展从来不凌空蹈虚，而是从日常的、具体的生活中提炼，所以他的诗歌也可以称为生活的炼金术。与此同时，作为居士，他的作品中很少标志性地使用佛教的特定词汇，甚至诗中也不玄虚地呈现出尘的禅思和佛理。在我的理解中，禅悟不是悟虚而是要悟实，所以作者的诗中不避俗词俗事，举凡生活遇到的一切，都会成为诗歌写作的突破口。梁平在分析郭性汶的诗歌时敏锐地指出了他的这个特点："诗人往往把思考置放在精细但并不很起眼的生活场景里。这从他部分诗歌的题目即可看到，这是他体悟生命存在的重要方式，《我看到我们的生命就像拉面》《瓦檐上的苔藓》《琴弦上的尘埃》……诗人对心灵世界的思考，始终不脱离于生命的现实存在境遇，这保证了他的诗歌不会蜕变为乌托邦之歌，只不过，也许是作者过于强调精神的纯粹，所以笔下的现实感常常不经意地呈现了生活荒谬和怪诞的一面，这在一定程度上也体现了因心灵超越的艰难而带来的焦虑。"

肉身沉重，心灵高远，但二者是不可割裂的整体。作者也许正是体悟到单纯追求心灵起飞的不可能，所以在晚近的《南无》《泥鳅》等诗作中越来越体现出一种辩证的色彩：臭味与生活的甜蜜密不可分。也许在心灵与现实的不断辩证中，在与荒谬现实的斗争与和解中，作者终会实现心灵的超越，观自在而达到智慧与生命的双重圆融，如其《南无》中的诗句所言："一种有穿透力的音乐引领我们/最后在万千音符中/找到了梵音，南无。"